刘 墉 给 孩 子 的 成 长 书

WEI ZIJI HECAI

为自己喝彩

刘 墉/著

Jieli 接力出版社
Publishing House

桂图登字：20-2014-074
原出版者：台湾水云斋文化事业有限公司

图书在版编目（CIP）数据

为自己喝彩 /（美）刘墉著. — 南宁：接力出版社，2014.6
（刘墉给孩子的成长书）
ISBN 978-7-5448-3411-7

Ⅰ.①为… Ⅱ.①刘… Ⅲ.①散文集-美国-现代 Ⅳ.①I712.65

中国版本图书馆CIP数据核字（2014）第078499号

责任编辑：袁怡黄　　美术编辑：林奕薇
责任校对：高　雅　　责任监印：刘　冬　　版权联络：金贤玲
社长：黄　俭　　总编辑：白　冰
出版发行：接力出版社　　社址：广西南宁市园湖南路9号　　邮编：530022
电话：010-65546561（发行部）　　传真：010-65545210（发行部）
http: //www.jielibj.com　　E-mail: jieli@jielibook.com
经销：新华书店　　印制：唐山嘉德印刷有限公司
开本：880毫米×1250毫米　1/32　　印张：5　　字数：95千字
版次：2014年6月第1版　　印次：2021年3月第11次印刷
印数：75 001—83 000册　　定价：19.80元

目　录

自　序

突然发现距离我一九七三年出版处女作《萤窗小语》已经四十年了！

这么长的岁月，是什么力量驱使我不断写作？

我想应该是爱。

早年因为儿子离家去曼哈顿的史蒂文森高中，不放心，我开始写《超越自己》《创造自己》《肯定自己》；因为女儿渐渐长大，关心她的学习，我写了《做个快乐读书人》《少爷小姐要争气》；因为儿子进入社会，怕他不懂得处世之道，我开始写“我不是教你诈”系列。最近又由于女儿大学毕业，独自一人去欧亚旅行，怕她路上吃亏，我写了《人生百忌》。说来好笑，我甚至会因为两只飞来的野雁，而写出《啊啊》；因为抓到一只螳螂，养它，观察它，爱它，而写出《杀手正传》。

细想，那真正驱使我写作的，可不都是关怀、挂念与疼爱吗？我总因为儿女的触动产生灵感，又因为写出许多人的心声而引起他们的共鸣，再因为读者的期望而不敢懈怠。正因此，最近许多朋友问我，现在我有了孙子孙女，是不是又要为他们写几本书？

这可真问对了！或许有些读者在我的微博已经发现，我早在写一本教孩子认字的书。还有一样，则是新编的这一系列励志散文。

现在的孩子太不简单了！以前认为高中生才能懂的东西，不知是否因为网络时代智慧开得早，如今的小学生已经可以接受。最近还有位小学老师，要全班学生读我的书，再写信给我，居然个个说得头头是道，令人惊讶。正因此，我决定把过去为青少年写的各类文章，加以筛选，成为一系列适合小朋友阅读的东西，让大家的孩子，也让我的孙子孙女，能早早读到我的作品。

谢谢接力出版社，提供给我不少选文的建议，告诉我今天家长和孩子的需求，也谢谢许多热心父母的支持："我们要对孩子说的，就拜托你帮忙说了吧！"

希望这套书能对小读者们有些帮助，也盼这套书能像阶梯引导，为我招来新一代的"小粉丝"。

第一篇　写给儿子：比，才有进步

我们从出生就面对了这个竞争的世界。比，确实不是很愉快的经验。那不愉快，是因为打破了自己编织的“满足的梦”，也可以说是使自己面对了现实。有什么事情比你面对敌人，当面交手，来得更真实呢？

英雄出少年

曹植写《铜雀台赋》时不过十九岁；

莫扎特写成著名的《第二十五号g小调交响曲》(KV183)时才十七岁；

披头士在利物浦登台时不过是一群十六七岁的大孩子；

毕加索进入蓝色时期时不过二十岁！

今天中午，我们任饭菜凉在餐桌上，坚持看完了法兰西网球公开赛的电视转播。当最后一局，华裔小将张德培直落三盘，以六比二赢得奖杯的时候，我们都跳了起来，因为张德培不仅代表美国赢回了失去三十四年的法兰西公开赛男子单打冠军，更为我们华裔争得一分信心与光荣。

“最近，我们学校里，只要是姓张的，都对洋同学吹牛说：张德培是我的兄弟！”你得意地讲，“现在更了不得，他简直取代阿加西（Andre Agassi）的地位，成为teenager（青少年）的新偶像了！”

可不是吗！以十七岁的年龄，居然能连续击败排名世界第一的蓝道（Ivan Lendl）和排名第三的艾柏格（Stefan Edberg），使自己的名字永久镌刻在离巴黎铁塔不远的罗兰加洛球场记功石上，怎能不令人惊讶又敬佩呢！

如果说在体操、溜冰和田径项目上，不到二十岁的小伙子打败如云的老将，还不算稀奇的事，因为十几岁的轻盈身躯和爆发力，是赢得那些项目的有利条件。但是对于极需要经验和技巧的网球，由一个十七岁的大孩子夺魁，就难免让专家跌破眼镜了！

◎

在电视转播中，我们可以明显地听出，播报员对他前面连输两局时的负面评语和发现张德培扭转颓势时，看风使舵的改变。

当张德培最后一局以四比二领先时，他们说：“他可能会办到呢！”

当张德培在体力上显然占优势，又以底线左右抽球，使对手疲于奔命时，播报员说：“没想到一个男孩子居然能办到！”在旁的评论员则说：“Men couldn’t but a boy can！”（“成年男人可能办不到，一个男孩子却能！”）

这是一句多么耐人寻味的话啊！但我可能告诉你，我早就有这种感想，因为我过去不仅一次又一次地见到杰出青少年有震惊前辈的表现；自己也曾经以十几岁的年龄，击败过二三十岁的老将。所以每当同辈的朋友说“一代不如一代，现今的年轻人，真是不行”的时候，我总会很公平地讲：长江后浪推前浪，绝不能小看那些初生之犊！

当曹植写《铜雀台赋》时不过十九岁；当莫扎特写成著名的《第二十五号g小调交响曲》（KV183）时才十七岁；当披头士一九五八年在利物浦的俱乐部登台时，不过是一群十六七岁的大孩子；当毕加索进入他著名的蓝色时期时，只是个二十岁的小伙子。

是什么力量使这些“英雄出少年”？

是因为他们虽然可能没有过人的功力，却有过人的精力；没有足够的学识，却有惊人的胆识；没有深思熟虑的计划，却有飞扬想象的创意。最重要的是：

他们是无名小卒，没有沉重的心理包袱。

这些都是成人们或成名者所缺少的，也往往是少年制胜的本钱。

◎

而你不就是这个年龄吗？你有体力、有冲力，在比上一代更进步的教育方法下教出的学生；在比上一辈更优渥的环境中成长；在比以前更民主的制度下发挥，你可以自由地奔驰想象而毫无盛名之累……

问题是，你有没有像张德培一样，将你年轻的火花迸射出来?

记得我大学时，曾经在校刊上读过一篇同学的文章，文章的内容已经忘了，却一直记得那个耀眼的题目:《年轻，真好！》

请看重你自己，看重你自己的现在，达到你超越前辈的成就！创造你足以自豪的自己!

刘◇轩◇的◇话

老虎 · 伍兹与帕丽斯

论运动界的英雄，我想老虎 · 伍兹（Tiger Woods）绝对是代表人物，他以黑人身份在白人的高尔夫球界拿下最高荣誉，他在我心中是少年英雄的象征，聪明又有商业头脑，他是全世界收入最高的运动员。

相对的，另一个代表人物是帕丽斯 · 希尔顿（Paris Hilton），她恶名昭彰，以为有钱就可以恣意妄为，但依旧有许多人视她为偶像。

最后一个问题我想留给大家评判：你要当老虎 · 伍兹还是帕丽斯？

灵活的战术

父亲把苹果放在地毯中间，对几个孩子说：“谁能不用东西够，又不踩到地毯拿到苹果，就算赢！”当几个大孩子尽力伸手伸脚够苹果时，最小的孩子却把地毯卷起来，拿到了苹果。

放学才进家门，你就兴冲冲地拿了一部电子计算器，坐到我对面，打下数字：0.1134。

“爸爸，你看一下，这是什么？”

“0.1134。”我瞄了一眼说。

“你再看一下嘛！”

“不是 0.1134 吗？”我又仔细看了一下计算器。

“不对！你再看一次！”

“我看过了，是 0.1134！”

你突然兴奋地跳了起来。“哈哈！你为什么那么死脑筋呢！

从你那个方向，怎么看也不会是 0.1134，而应该是 HELLO，是哈啰！是哈啰！爸爸你认得哈啰吗？”

看你得意地跑出书房，我把你叫住。

“先谈正事，我托你拿到曼哈顿冲洗的幻灯片好了吗？”

“噢，没有！因为要等三个小时，我等不及！”

“明天星期六不上课，礼拜一又过节，我急着要，怎么办呢？”

“我也不晓得。难道现下再赶去？只怕也关门了！”你摊摊手，“明天冲洗店虽然开门，可是我有同学要来，不能进城！”

“有住曼哈顿的同学来吗？”

“啊，对了！”你一击掌，“马克就住在冲洗店附近，我叫他顺便带来，现在就打电话给他和冲洗店！”

◎

于是轮到我调侃你了。

你为什么那么死心眼呢！此路不通，还有别的路通，如果你碰到不通，就傻在那儿，岂不误了我的大事！你尤其要知道，在人生的战场上，脑筋慢半拍的，很可能失败。

让我告诉你，一位出版界老朋友，多年前被人击垮的故事。

早期的中国台湾，不太保护岛外的知识产权，出版商可以随意出版外文书的译本。我这位老友通过关系，找到岛外一本即将上市，而且必定畅销的书。他立刻交给一位学人翻译，并在译到三分之二的时候，开始大做宣传。

“现在岛外已经上市了，你不怕别人抢过你吗？”我问他。

“怕什么？再快，现在翻译也来不及，我们马上就脱稿了！”他得意地说，继续大做宣传。

岂知他刚送去排版，市面上已经出现了译本。别人借他的宣传，立刻获得畅销，等他排版、校对、印刷、装订完毕，已经失了先机。

难道别人更早拿到原著？

不是！别人远比他晚。

但是对方把一本厚厚的原著，立刻拆成二十多份，分别交给二十多人翻译。原本两个月的工作，三天就完成了！

我相信对方译的，由于笔调不统一，绝对不如我这位朋友的好。问题是在人生的战场上，射不太准，却能拔枪快、射得多的人，常成为神射手的克星。

对方赢了！赢在他的“心眼不死”。当别人从一个角度看事，他却从不同的角度着手。这不是跟你的电脑游戏一样吗？

◎

你或许听过这两个故事——

父亲把苹果放在地毯中间，对几个孩子说：“谁能不用东西够，又不踩到地毯拿到苹果，就算赢！”当几个大孩子尽力伸手伸脚够苹果时，最小的孩子却把地毯卷起来，拿到了苹果。

司马光小时候跟一群小朋友玩耍，一个孩子不小心掉在大水缸里，别的孩子想尽办法从上面救，却又拉不到下面的小朋友，只有司马光不慌不忙地用石头打破水缸，救出了溺在其中的孩子。

此外，你还记得前些时候电视台报道，一辆大货车载着机器过新泽西大桥，因为机器超过半尺过不了桥头铁架，造成后面车子大排长龙的事吗？

在许多人束手无策的情况下，一个孩子说："何不把胎环的气放掉？"居然就解决了问题。

◎

当你发现原来的计划行不通时，不要去想那计划花了多大工夫，或有多完美，因为不通就是不通，再完美的计划也没用。最重要的是：你必须立刻找其他可行的路。愈快回应，愈能成功！

刘◇轩◇的◇话

“玩”创意

“创意思考”是否能被训练？我觉得应该可以，但那需要一点不规矩的态度。我觉得最有创意的人也常是最会玩的人。他们可以把一般人天天用的东西拿来当玩具，例如我们用塑胶杯喝水，他们却用来种花，或是加个灯泡在里面变成装饰。这种“玩”的态度，反而比较容易让他们看到事物的本质，进而运用那本质发展出新的创意。当椅子不是椅子、汤匙不是汤匙、塑胶袋不是塑胶袋的时候，你就很“0.1134”了！

寻找灵感

当灵感突然出现，会使你惊艳。

问题是，如果你一天到晚往男生堆里钻，怎么能有惊艳的机会呢？

今天当我问你为什么许久没写作时，你回答："因为没有灵感。"话说得很轻松，却使我相当吃惊，因为我发现你患了一种没有严重症状，却最糟糕的病——一种使许多原本具有潜力的作家，到头来一无所成的毛病。

什么叫作"没有灵感"？这只是人们没创作时的一种托词。

有句名言——

若你呼唤那山，

而山不来，

你便向它走去!

同样的道理，当你没有灵感时，为什么不去寻找呢?

◎

“日有所思，夜有所梦”，你会发现灵感也如此，你愈是寻找它，它愈会出现。虽然好像在意外中突然涌现，实际上却是因为你在不断地寻找，所以它的出现才会使你惊艳!

惊艳，对的！我们可以说灵感来临时，会像你突然看到一个出奇美丽的女孩子一般惊喜。但是你也要知道，如果你希望看到漂亮的女孩子，最好常参加交际，或往女生比较容易出现的场所跑。如果天天待在家里，或往男生堆里钻，是很难有惊艳机会的。

所以惊艳看来是一种机遇，但是这机遇却可以创造。灵感好像是一种“天外飞来”、可遇不可求的东西，却可以因为我们的努力寻找而变得容易。

◎

有个人带了一台傻瓜相机在公园里闲坐，看到一群可爱的孩子从面前跑过，突发灵感，举起相机拍下来，参加摄影展居然得了大奖。

另外有个人，早上起来突然想要出去摄影，又接着灵光一闪地想到何不拍小孩子，再飞来一个灵感是：何不到贫民窟去拍穿着破衣，却满面天真，惹人怜爱的孩子？于是准备好各种器材，转两三班车到了贫民窟，又守了一整天，从上百张的照片中选出一张参加摄影展，也获得了大奖。

他们的结果相同——都拍到好的作品，得了奖。过程却有多大的不同？

你当然会向往前者，因为那灵感来得巧，几乎不费力气，举起傻瓜照相机，咔嚓一声就成功了。问题是，那种机会是不是常会出现呢？比较起来，反而后者容易把握，也更能保证成功。因为守株待兔的人，可能不费力气地得到一只自己撞死的兔子，却绝不会像猎兔人一样，虽然辛苦，但总能有所斩获。

◎

“天若有情天亦老”，这流传千古的名句，想必你早知道。但是你晓得它的作者李贺，是用什么方法寻找灵感吗？他每天一大早便骑着瘦马出去，到处发掘灵感，并把得到的感触记下来投入锦囊之中，直到晚上回家之后，再把那许多灵感加以整理，成为完美的作品。当你没有灵感时，何不学学李贺，出去寻找呢？

当然也不是说灵感非要到外面去找，丰富的生活体验固然可以带给我们灵感，前人的作品也可以引发我们的情思。所以古人说：“终日之思，不如须臾之所学也。”当我们整天苦苦寻找灵感，发现灵感的泉源依然枯竭的时候，另一个泉源往往就在你的身边。你可以由再充实、再学习，加深自己内涵的过程中，获得新的灵感。

疏影横斜水清浅，
暗香浮动月黄昏。

当我们吟咏宋代诗人林逋的这两句诗时，有谁会想到它实际上是出自五代南唐江为的“竹影横斜水清浅，桂香浮动月黄昏”呢？

当我们看莎翁名剧《奥赛罗》时，有谁会想到那是出于意大利钦蒂欧（Cinthio）的作品《故事百则》（*Hecatommithi*）中的《夫与妻之不忠实》？

如同吃东西，当我们把外来的食物消化之后，它就能成为自己的血肉；当我们阅读前人作品的时候，也能勾起灵感，创作出属于自己的作品。

◎

年轻人！灵感就像我卧室窗外不断来访的小鸟，它们成群地来，是因为我放了喂食器和谷子；我能够清楚地观察它们，是因为我挂上了可以隐蔽自己的百叶窗；至于能够把它们搬上画纸，成为我作品的一部分，则是由于我总准备好纸笔，随时速写它们的生态。

你说，我是因为总有灵感来找我，才能不断创作，还是因为我不断寻找灵感，以至于有所收获呢？

所以从今天开始，我希望你再也不要说“没有灵感”！

刘◇轩◇的◇话

听听自己脑袋里的声音

对一个创意人来说，这是经常会碰到的话题。我觉得最大的问题不是没有灵感，而是生活里没有空间让灵感进来。我们最缺乏灵感的时候，常常正是我们稿债最多、琐事最杂的时候。坚持保留自己心灵空间是很不容易的，也难怪很多艺术家会选择隐居。

寻找灵感的另一挑战是要打破生活的惯性，唯有这样才能找到新的灵感泉源。

我现在教授音乐制作时，学生有时会反映，学了许多新的软件跟混音技巧之后，反而不会作曲了。这时我会告诉他们：“关掉电脑，也关掉音响。给自己一点宁静，才有机会听到自己脑袋里的声音！”

当下的成功

没有豆子在上面，就不认它是豆子！

不要以为自己成功一次就可以了。“现在的成功”是重要的，而“现在”马上便成为“过去”……

今天下午我请你母亲到后园小坐，难得出去晒一下太阳的她，居然指着零落将残的四季豆，问我是什么植物。我大吃一惊地说，那是她已经享用了一整个夏天的四季豆，并且责怪她居然五谷不辨。

你知道她怎么回答吗？

她说：“我不管！只因为我看不到结着豆子，所以不认它是豆子。”

◎

这两句话使我大有感触，因为它代表了世上大多数人的价值观，也显示了现实的冷酷无情。

是的，没有豆子，就不认它！不管它过去有多大的贡献，只因为没有亲眼见到，或现在看不出，就无法认同。对人来说，不论你过去多么成功，如果此时没有表现，也便往往被否定。

洛克菲勒每天晚上都要对自己说同样几句话：“你虽然有了一点成就，但只要不继续努力、虚心学习，就会被人击倒……”

西方有句谚语：“没有失败的成功者，只有成功的失败者；没有失败，只有失败者。”更说：“没有成功的叛国者！”因为叛国者若成功了，便是革命家。这不正是中国的“成则为王，败则为寇”的道理吗？

所以，不要以为自己成功一次就可以了，也不要认为过去的光荣可以被永久肯定。在这个世上，“现在的成功”是重要的，而“现在”马上便成为“过去”，下一刻又得有下一刻的成功。

记住！没有豆子在上面，就不认它是豆子。这是你母亲说的，也是大多数人会说的一句话。

刘◇轩◇的◇话

头衔的重要

“没有结豆子，就不认它是豆子。”我自高中时代，就总听老爸说。

以前我认为，如果你从事的工作内容已到某种程度，人们就会认定你是符合那个标准的人，为什么还要受到头衔的约束。但现在，我开始相信一些形诸头衔的工作经验是重要的，因为那像奖杯一样，说明你曾经做过的事、达到的成就。也因此在工作上，现在的我会尽量留下完整的记录与作品集，也会不吝争取该有的头衔，因为那表示别人对你的认知。

所以我要在这儿加一句：“即使你知道自己结了豆子，也一定要让大家看见，否则人家会以为你只是豆苗！”

比，才有进步

过去你只要在一乡跑得最快，就被人们称为“飞毛腿”……但是后来有了全国运动大会，进而参加了奥运会。直到这时候，许多中国人才发现，原来自己在武侠小说里崇拜的“草上飞”和“浪里白条”，到了世界级的竞技场，只能勉勉强强地殿后。

今天晚上，当乔安娜打电话来的时候，我顺便问了一句：“她的功课比你好，还是比你差？”而在你答“比我好一点点”之后，我有些惊讶地继续问：“你已经是平均九十六点多，她居然还要更好？”

这时你似乎有些不太高兴地说：“这又怎么样？我们同年级还有一个叫阿曼达的女生，平均九十九呢！人漂亮，参加的活动又多，而且还交男朋友！”最后你气呼呼地扭头而去，还撂了一句英文：“Why always compare me with other people？ To each his own！”（为什么总是拿我跟别人比？我是我，人家是人家！）

◎

多年来，几乎每次当我将你跟别人比较时，你都会有这样不愉快的回应，而在我与其他家长聊天中，也知道他们的孩子同样不喜欢比，也都曾抱怨自己的父母喜欢比。

不错！美国是一个大的国家，三百六十七万平方英里的土地任你驰骋。此地不留人，自有留人处，你确实可以不必处处跟人比，而找到自己生存的空间。

但是，你更要知道，当你想往高峰爬的时候，也便有来自三百六十七万平方英里土地的精英与你竞争，这也就是你能获得纽约市演讲比赛冠军，到了纽约州却败下来的原因；再想想，就算你能在全州得到冠军，到了全国大赛又还有得胜的把握吗？

◎

其实我们从出生就面对了这个竞争的世界，我们一方面该庆幸自己能生在二十一世纪科学昌明、生活富裕的时代，一方面也得知道，我们面对的是知识爆炸时代的竞争。

何止科技、知识的竞争，连体育也是如此，想想四十年前的体育纪录，再看看今天的最高成就，当时世界的金牌得主，只怕今天都无法进入决赛，甚至不合参加的最低标准。

过去你只要在一乡跑得最快，就被人们称为“飞毛腿”，神气得不得了，因为那是交通不发达，越过一个山头，就换一种口音的时代。但是后来有了全国运动大会，进而参加了奥运会。直到这时候，许多中国人才发现，原来自己在武侠小说里崇拜的“草上飞”和“浪里白条”，到了世界级的竞技场，只能勉勉强强地殿后。

但是也就由于比，人们开始提升自己的标准，追求更高的理想，从失败的痛苦、愤懑中激发力量，并学习别人的长处。今天华人在许多方面，不是已经凌驾西方了吗？

◎

比，确实不是很愉快的经验。那不愉快，是因为打破了自己编织的“满足的梦”，也可以说是使自己面对了现实。有什么事情比你面对敌人，当面交手，来得更真实呢？

所以中文里有句俗语：“人比人，气死人！”周瑜更在屡次受挫于诸葛亮之后说：“既生瑜，何生亮？”意思是既然生了我周瑜，为什么老天又要生下诸葛亮呢？问题是，如此推下去，每个比赛的第二名，都愤愤地说：“如果得第一名的那个人没有来参加，我就是第一！”第三名的说：“如果得第一、第二的人不来，我就是第一！”

这世界还可能进步吗？所以在这个充满竞争的时代，我们即使得了第一，也应该用相反的方式来想：“只怕是有高手缺席，所以我能得冠军，他如果真来了，恐怕我就是第二！所以今后要更加努力，才能面对强敌，也才能保持既有的荣誉！”

如此，这世界就能不断进步！

◎

记住！不要认为不去跟别人比，就能减少面对敌人的机会，也就能比较快乐；因为你不去比，别人却要来跟你比，这个世界也总是把大家放在一起比！参加入学考试，当有人金榜题名时，就同时有人名落孙山；参加就业考试，当别人入选时，你就可能被淘汰出局，甚至我们能来到这个世界，也是从亿万竞争对手间脱颖而出，才得以受孕成为我们的。

请问你，哪一样事情不是在比呢？我们整个生命的过程，都是比！不是你高，就是我低！

◎

比，不是狭隘地排斥别人，而是积极地参与；是认知别人，肯定自己；是精益求精，更上一层楼。孟子曾说：“舜何人也，予何人也，有为者亦若是。”就是由“比”，进而产生自我期许、积极努力的态度！

最后，我想问你，如果你不心存比的想法，为什么能记得那么清楚，乔安娜总平均分比你多了零点五分呢？

坦白说吧，你根本就在偷偷地比！

刘◇轩◇的◇话

不愿当一只老鼠

我当初为什么一直很不满意老爸用分数来比较？其实不服气的是比较的“标准”。

在史蒂文森高中，大家都很会念书，考高分不难。记得当时全校的总平均分在九十分左右，在如此“评分膨胀”（grade inflation）之下，竞争往往只是小数点的差距。而如果只以成绩来排名，会忽略很多其他细节，像一个人的创意思考、对学校的贡献、做人的品性等。

美国人把盲目的竞争形容为“老鼠赛跑”（rat race）。在学校争分数，出社会争薪水，老了还要争子女，比谁的头衔高、房子大、小孩上什么名校……

我承认，“比”的确会进步，但也容易让人成为老鼠。老爸，对不起，我当年的态度那么差，但我只是想说：这不是奥运会的田径大赛，这是我们的人生，请不要以零点五分之差来做比较的基础！

双向时间

在人生的战场上兵不厌诈，许多起初保留体力、隐藏实力的人，都是后来的赢家。你能说那参加马拉松比赛，先让别人在前段超过，等到后段，别人体力不足时，再以稳健步伐超越的人，是在耍诈吗？

当你今天下午，得意地把被老师评为“A＋＋＋”，还附带一个“好极了”（excellent）的读书报告拿给我看时，我只淡淡一笑：“不错！问题是，你下一次要得几个‘＋’呢？其实一个‘＋’也就够了！”

相信你对我的回答非常失望，甚至有几分懊恼。那么，听听我的道理吧！

我在你的这个年岁，曾经读过朱光潜先生的《给青年的十二封信》，其中有一句话，留给我很深的印象。大概的意思是：当你读错一本书的时候，不要以为你只是读错了一本书，因为同时，你也失去了读一本好书的时间和机会！

你或许要问这跟写读书报告有什么关系？你非但不是读错一本书，反而是读对了一本书，用十六个小时研究，写出一份完美的读书报告。

问题也就在这里了！当你用十几个小时读一本书，是不是相对的，那十几个小时也就没能照顾其他的功课呢？

朱光潜给我的启示不仅是读书，而且还有对时间的看法。时间不同于物品，后者可以从外面获得，前者却不论怎么想办法，你的每一秒钟还是跟别人的每一秒钟一样，是借不来，也留不住的。

换句话说，我们看时间，要永远是“双向”的。什么是“双向”？让我举个例子。

譬如你我二人参加竞选，共有十人投票，当我得四票，你得六票时，你不要得意地认为比我多了两票。因为下次选举只要一个原本支持你的人，转而支持我，就变成五比五的平手了。这是因为票数固定，不是投给你，就是投给我。那么这一票所造成的影响就是“一边少了一票、一边多了一票”的双向差异。

◎

同样的，时间也是固定的，不是用在这里，就是用在那里。用在这里的时候，往往不能用在那里。现在，我请问，当别的同学只用五小时就完成报告，并获得“A”的时候，他们是不是可以用比你多出来的十一个小时，做其他的功课，或准备考试？至于你，会不会因为过度关注这一份读书报告，而偏废了其他的科目？

记不记得你在初中时，曾有一次为了做科学报告，弄到深夜，没精神准备次日的考试，第二天又没能提早起床念书，结果不敢去上学？

这么说来，你的那份科学报告，就算得“A＋＋＋”，又值得吗？今天你的老师可能因为你这份读书报告写得好，而让你下次不必写报告？或对比的，因为你好得过分，而给其他同学的报告，都评为“B”吗？

错了！不论你多么超水准，别人只要达到水准，仍然可以获得应有的分数；不论你这次表现多好，下次没有表现，还是会掉下来。人生是一连串的比赛，你在初赛拼命透支跑第一，如果复赛跑得差，还是可能被淘汰。如此说来，那前一场的透支，岂非得不偿失？反不如先保留些体力，只求进入初赛、复赛，到最后再全力发挥。

◎

有位朋友对我说，当他参加政府办的训练班时，明明很会整理内务，但头几天故意做得不十分完美，愈到后来愈加劲，往往获得辅导员的赞赏，而且得到很高的分数。因为所有的指导者，都乐于见到天天进步的学员，而非原来不错，后来却难以更好的人。

说实在的，我这位朋友的做法很诈，是不值得模仿的。但你也要知道，在人生的战场上兵不厌诈，许多起初保留体力、隐藏实力的人，都是后来的赢家。你能说那参加马拉松比赛，先让别人在前段超过，等到后段，别人体力不足时，再以稳健步伐超越的人，是在耍诈吗？

同样体力的选手、同样实力的棋士，可能由于他们分配体能和时间的差异，而见出胜负。在实力相当、时间相同的情况下，那事先的计划，才是制胜的关键。

◎

曾有人问孔子说：“以德报怨好不好？”

孔子回答：“那你又用什么来报德？所以以直报怨就可以了，然后才能以德报德！”

今天你如果问我：“用全部时间写一份读书报告拿‘A＋＋＋’如何？”

我要回答：“那你又用什么时间做其他功课呢？所以拿个‘A’或‘A＋’就成了，然后你才能用剩下的时间去研习别的科目！”

这两个看似不相关的答话，表现的精神却是相同的——

Reasonable！适度的！合理的！

唯有当你有合理的计划之后，才可能获得合理的结果。

对于你在各科需要平均发展的现阶段，我提出以上的意见！

刘◇轩◇的◇话

专才与通才之间

我了解老爸在这篇文章里所谈的事，但我也想反驳：老爸！你应该开心，我以这样精益求精的态度去拿到“A＋＋＋”的是我感兴趣的科目，想多研究，为什么不行？如果这是关于“西屋科学奖”的，说不定我就得奖了啊！

这跟《为什么不说“不”》那篇的态度是一样的。因为时间是我自己规划的，如果我没有失去根本，为什么不能多花一点时间在有兴趣的事上？偶尔为学业或工作废寝忘食，其实还蛮有成就感的。

当然我也理解老爸所谓的通盘规划。当我们在准备会考SAT时，被教导一个观念：不要因为一两个搞不懂的题目花太多时间，结果没办法及时完成，必须有“good enough”（够好了）的观念。对完美主义者来说，这真是个进退两难的课题！

使人惊艳

美好的第一印象，常能带来以后的成功。即使是童话中的灰姑娘，当她穿着漂亮的衣服、蹬着精巧的水晶鞋，走下南瓜变成的礼车时，也是令人惊艳的。

前年十月，当我回台湾的时候，刚到肯尼迪机场就觉得有什么特殊人物将要出现，接着看见一个身材很高的女孩，在许多人的簇拥下进入贵宾室，她戴着深色的太阳眼镜，很神秘的样子，打听才知道，是玉女红星布鲁克·雪德丝。

这个“漂亮宝贝”，是我到美国不久就知道的，先是看她的电影《蓝色珊瑚礁》，接着听到有关她幼年时拍艺术照的风波，又知道她进入常春藤盟校的普林斯顿大学，且看见她参加慈善的马戏表演，在绳索上做各种惊险的动作。

起初我只晓得布鲁克·雪德丝是美国少男少女崇拜的偶像，

后来回台湾，甚至在北京，居然也四处看见她的海报，才惊讶她的魅力之大。

但是眼前的“漂亮宝贝”，穿着朴素的衣服，在母亲的陪同下，安安静静地坐着，连头都不怎么转动，丝毫见不到大明星的光彩，倒令我半信半疑起来。直到在桃园机场，看见许多鹄候已久的记者，才确定那看来平凡的女孩，果真是布鲁克·雪德丝。

◎

晚上打开电视，正看到她记者会的新闻，我吓了一跳，那浓眉大眼、青春靓丽的美女，真会是同飞机毫不起眼的丫头？只觉得她一路上躲躲闪闪，像拿黑布遮起锦缎衣服般，不愿露出一点光彩，而且在下飞机后拒绝记者采访，怎么现在竟脱胎换骨般，变了个人呢？

细听新闻内容，才知道布鲁克·雪德丝早上躲过记者群，一头冲进旅馆，养足了精神，请专人整理头发、化妆之后，才在旅馆里举行记者会。

她露面了，但没有在二十个钟头飞行后的憔悴时，而是在充分休息与准备之后，所以她得到了预期的回应——

惊艳！

◎

“使人们惊艳！”这是不论女孩、男孩，漂亮的、不漂亮的，都应该学习的一件事。也就是不要在自己最弱的时刻曝光，使人们有较差的第一印象，而应选择最有利的时机，展现美好的一面。

美好的第一印象，常能带来以后的成功。即使是童话中的灰姑娘，当她穿着漂亮的衣服、蹬着精巧的水晶鞋，走下南瓜变成的礼车时，也是令人惊艳的。

若不是这番惊艳，灰姑娘能获得王子的青睐吗？不可能！事实证明，换下了漂亮衣服和水晶鞋，重新回到厨房，便没人认得出她是前夜令人惊艳的美女。幸亏留下了水晶鞋，才能找到她。

◎

每个人的条件差不多！尤其是今天，教育普及，生活富裕，大家的才能都获得充分的发挥。加上人口愈来愈多，竞争愈来愈大，要想鹤立鸡群，已经办不到，因为人人都是鹤。所以真想崭露头角，往往要靠“令人惊艳”的功夫！

或许你会说：“我不艳！如何惊艳？”

那么我要告诉你，每个人都有与众不同之处，在恰当的时机，把你特有的美好一面表现出来，让别人惊讶地发现，就是“惊艳”！

◎

可以是一种瞬间优美的展现，令看到的人难以忘怀。早期现代诗人戴望舒，写过一首描写在下雨天的小巷里，一位少女擦身而过，又飘然消失在巷子尽头的诗，美极了！就是这种神龙见首不见尾式的惊艳。

惊艳，也可以是订好计划，一鼓作气，掌握高潮的表现。譬如一位主持人介绍歌星出场："现在让我们欢迎蔡琴小姐，她曾经演唱《金大班的最后一夜》的主题曲，相信是大家都难忘的！"

另一位主持人说："《金大班的最后一夜》，相信许多人都看过了，尤其主题曲，更是令人难忘，现下就让我们欢迎原主唱人蔡琴小姐！"

两相比较，当然后者能引来更热烈的掌声。道理很简单——把高潮集中在后面，一鼓作气地引出；至于前者，则有"再而衰，三而竭"的缺点了！

正因如此，演说家们都知道，即使早到会场，也应该避免曝光，否则你去跟这位听众握握手，那位朋友打个招呼，真到开讲，大家早疲了，远不如准时到达，立刻上台，能引起轰动。这也就是惊艳！

◎

当然更有许多人用非常的手段，达到非常的效果。譬如唐代大诗人陈子昂刚到京城的时候，没人认识他。某日有人当街卖古琴，要百万的高价，陈子昂毫不犹豫地买下。旁观的人都惊问买琴的原因，陈子昂说："因为我擅长弹古琴。"人们又问：

“能不能演奏一曲呢？”陈子昂则说：“明天吧。”

第二天当大家都到了约定的地方，陈子昂早准备好酒菜，并捧着琴对众人说：“我陈子昂有文章上百篇，不为人知。这种乐工的小技，算得了什么？”说完便把琴砸碎了，并将文章分送给会众。一天当中，就名满京城。

◎

听了这许多“惊艳”的故事，你有什么感觉？

在这茫茫人海之中，你又该怎样展示自己，使人惊艳？

记住！先认识自己的长处，不要急，不要慌，选择最适当的时机和场合，淋漓尽致地发挥出来！那么——

即使你是沉潜已久的灰姑娘，也将有出头的一天！

刘◇轩◇的◇话

紧握那十五分钟

我们常常只有一个关键机会，让人们注意到自己。这点在演艺圈特别重要。因此，许多艺人“耍大牌”“难搞”，都是为了爱惜自己的羽毛，让自己随时保持最佳状态，以面对世界的目光。

奇怪的是，偏偏明星愈让人惊艳，群众就愈想看他们出丑。在这篇文章出版近二十年后，“狗仔队”已成为一个非常恶霸的媒体势力。现在的艺人即使躲在家里，还会有记者去翻他们的垃圾，或躲在树丛里用望远镜偷拍。甚至还有八卦周刊直接跟明星说，如果不想整天被跟盯，就干脆主动制造绯闻，让周刊拍些有料的镜头，起码如此还可以监督照片的品质。

你说，现代的“惊艳”，岂不已成了“惊丑”？

愈烧愈发

过度的工作和湿热狭小的厨房，使他两腋生满了痱子，甚至流下脓水。

但二十多年后，他已经是连锁餐馆近百，营业额上千万美元的富商……

相信你已经听说，昨夜暗房里发生了“惨案”，我不小心将拍好的底片全“漏光”了！

当时在伸手不见五指的屋子里，我只记得将片夹里的片子拿出来，就匆匆忙忙地打开灯。

一盒敞着盖子的底片赫然呈现眼前，当我突然警觉，立即把灯熄灭时，我的手脚顿时冰凉了，坐在漆黑的暗房里，豆大的汗珠一颗颗从额头冒出来。我知道，虽然只是一秒钟的错误，却已经迟了，前面十几个小时的工作全在那一秒钟的灯光下报销。

◎

但是我紧接着走回画室，将摄影机重新架好，那已经是深夜三点钟，只是为了画册等着分色，不得不拍好，并在天亮时赶去冲洗。

我的心里焦急，却又不断地提醒自己不能焦急，因为只要有一个小小的步骤出错，就会影响整个进度。

我的身体是疲惫的，却不敢对镜头打一个哈欠，因为即使一小滴口水和手渍，都会影响摄影的品质。

我像是一架机器，以稳定的速度，来回奔走于画架、灯光、摄影机之间。奇迹般地，当我把那十八张画重新拍完的时候，居然天才微微亮。

或许前面十几个钟头架好的灯光、量好的角度、调好的光圈、整理在旁边的画作和已经熟练的技巧，是使我能缩短工作时间的原因。至于最重要的，则应该是那背水一战，非赢不可的态度，使我不再像白天拍拍停停，而能一气呵成。

当然，即使是现在，当我想起那一盒完全漏光的底片与工作，还是满怀遗憾的。问题是，谁让自己不小心？发生的已经发生了，补救的也已经补救了，把那失误当个教训，把前面的工作当作练习，不也可以吗？

◎

我倒要看看那漏光是怎样的结果，所以把弄坏的底片也送去冲洗。你知道吗？当我把冲好的漏光片拿出来时，旁边其他的摄影家都笑："漏光了！"

"你们怎么知道不是底片制作不良，而是漏光？"我故意问他们。

"因为我们都干过这种事！"大家又哄笑了起来。

这些笑的人，都是纽约的专业摄影家，他们不是也曾经抱着头，坐在暗房里手脚冰冷地流下豆大的汗珠吗？

大部分看来满盘赢的人，都可能遭遇过满盘皆输的场面；几乎每张成功的笑脸之后，都有失败的泪脸。而可以肯定的是，他们都能擦干眼泪，爬起来，继续迎向战斗，否则就是真正的输家了。

◎

记得我十三岁那年，家里失火被夷为平地的时候，许多朋友都安慰地说："从头来！愈烧愈发！"其后，我总是想到这句话，不懂为什么烧光了财产，反而能愈发达？难道重起的炉灶，能胜过那薪火不断的老炉老灶吗？

但是随着年龄的增长，我一次又一次地见到了这种收拾残局、重建江山的人。我曾经遇到过一位姓刘的日本侨领，当他从大陆逃往日本的时候，失去了偌大的家产，夫妻二人，以卖小吃为生。他们穷到只买得起一架电风扇，拿出去给顾客吹，自己则忍受着高温在后头煮面；过度的工作和湿热狭小的厨房，使他两腋生满了痱子，甚至因为两肘的摩擦，而流下脓水。

可是二十多年后，他已经是连锁餐馆近百，营业额上千万美元的富商；前半生失去的财富，不但补回，而且更多了。

◎

我也认识一位曾经惨败的企业家，居然从卖铅笔等办公用具给他商场老友的公司做起，一步步再度站到企业界的尖峰。

当然我更看到了战后的日本和德国，从战败的烽燹中重建，居然有了仅略次于美苏的经济成就，甚至引得世人怀疑：到底是谁打输了第二次世界大战？

我终于了解，失败所摧毁的往往只是表面的东西，如同烽火击垮的往往只是建筑物的上方，那失败者坚强的意志、建筑物地下的基础、工业家所有的技术、企业家所有的理念，是很难被摧毁的。

◎

于是，当老工厂眷恋旧设备，而迟滞不前的时候，重起炉灶的人却能推平废墟，做全新的规划。他们是很艰苦，但是艰苦激发更强的意志与潜能。他们是面对一片空白，但这也是能让他们任意挥洒的机会。他们的昨日，是有着许多失败痛苦的记忆，但那失败正可以使他们免于重蹈覆辙。如同我十多小时工作的成果报销之后，却能以短短两个钟头补回，且做得更好！

于是那满盘皆输能算是真的输吗？那何尝不是另一段成功

的开始？

在你未来的人生，可能会有同样的遭遇，希望在你心灰意冷、手脚冰凉、满头冒出豆大的汗珠时，能想到我的这段话！

刘◇轩◇的◇话

总是会峰回路转

老爸提到的“暗房惨案”，其实我自己也发生过好多次。而且因为使用电脑，一旦惨案发生，状况往往更为酷烈。我通常都是熬夜赶工时出问题，只因按错一个键，或误将旧档案覆盖过新档案，而让心血瞬间泡汤。

有些人在面对这种情况时，会气得想把电脑砸了，甚至干脆不做了。但我往往很冷静，顶多骂两句脏话，就立刻重新开始，甚至会认为再做一次，一定会比上次更好。这种“重新再来”的态度可能是与生俱来的，或受到家庭教育的影响。

老爸老妈栽培我那么多年，一路走来，我认为自己已经具备在文明世界生存的条件。如果有一天，录音室里所有东西都毁之一炬，我当然会很伤心，但骂几句脏话后，相信又能很快地重新开始。又如果，我突然被丢在一个人生地不熟的地方，再过五年来找我，我一定还是活得好好的。我相信受过基本教育的年轻人，无论被丢在哪个文明之地，都能过得很好，只要他有“重新来过”的积极性。

第二篇　写给儿子：在压力下变茁壮

压力虽然不好受，但是好！它只会使我们站得更挺、走得更稳，能够在未来承担更大的压力，产生更强的斗志。且从身体的内部、心灵的深处，激发出源源不绝的力量，走向人生的凯旋门！

一开始，就不让它错

你知道我们台北办公室的一个工人，一天能包多少本这样的书吗？四百本！而你呢？七本书竟包了半个小时！

今天下午我请你帮忙包画册，你居然把沉重的书由地下室抬到二楼，再打开冷气和电视，一边看热门音乐节目，一边蹲在地上包书。

当我很不高兴地指责你，为什么把书运上楼，又采取那么吃力不讨好的姿势包书时，你态度欠佳地说：

"你怎么不想想，我在包过几十本之后，自然会发展出比较好的方法？而且我不在乎上下搬，我有体力！"

◎

对于你贪图冷气和电视节目这一点，我不打算多说，却要严正地告诉你：做事之前不计划，便匆匆下手，心想可以从错误中摸索的态度，在三十年前或许可行，用到今天却错了！

你或要说："从错中学有什么不对？"

那么我要问，为什么不一开始就做对呢？

当一群人竞争的时候，哪种人能获胜？当然是"错得少的人"！这就好比开车，在不赶时间的情况下，你可以说"慢慢找嘛！错了再掉头，总会碰上的！"但为什么不想想，如果能先看好地图，勾出路线，你就不必慢慢找，也就不必掉头。于是省下了时间，可以做些其他的事！

◎

时间！这正是问题的重心。三十年前车子少，你可以掉头，今天处处是单行道，只怕你错过一个出口，就要用很长的时间，才能找回去。而且车子多，你漫无头绪，容易出车祸。你没看见连计程车里都贴着条子，不接受"原地回转"吗？结果这"慢慢找"是既误时，又不安全的。

如此说来，为什么要匆匆行动呢？

你今天就犯了这毛病！

在这一切讲求效率的时代，不先计划，就匆匆动手的人，未行动之前，已经注定了失败！不了解敌情，就匆匆出兵的人，在未开枪之前，已经注定了战败，而那战败，很可能便是死亡。

我曾在报上读到一条新闻：有个人离奇地死在车子的驾驶座上，头则伸在窗外，被电线杆和自己的车身夹得血肉模糊。

调查的结果是那人在黑夜倒车，头伸向窗外，想看清后面的路，结果路还没看清，先倒了车。

这不就是匆匆行动造成的惨剧吗？

◎

记住！今天这个时代与三十年前完全不同了！农业时代靠口传心授的知识和勤奋练习得到的技术。但是现在科技通信发达，你就算完全没有认识，也可以获得足够的资讯；即便毫无技术，也有适当的机械供你使用。

所以人们可以在完全不摸索的情况下，就找到捷径，获得成功。

换句话说，那等着由错误中摸索的人，则必然要遭到落后和失败的命运！

◎

请不要说你现在还小，所以要跟着大人慢慢学。因为十八岁已经不小，今天这世界上许多年轻人，二十岁不到便崭露头角，丝毫不让成人专美于前。他们有风格、有魄力、有经验！哪里得来的经验？

书本上！电脑中！自己的分析实证！

现在的科技能用电脑类比核子试爆，能在室内制造浪潮和强风，能在模拟飞行器里训练飞行员，能在电脑上演奏交响乐！

那些年轻人正因为知道使用科学辅助，加上没有过去工作的包袱，敢于驰骋自己的想象力，所以能有惊人的成就！

“英雄出少年”，这句话说了千百年，今天却比过去任何时候都正确！

我们甚至可以说：少年不成英雄，后面的路将更难走！如同一大群人赛跑，如果你不能一开始就冲到前面，只怕因为前面挤满了人，即使你跑得快，也无法发挥！

◎

现在回到本题！你知道我们台北办公室的一个工人，一天能包多少本这样的书吗？

四百本！而你呢？七本书竟包了半个小时！

为什么有这样大的差异？

因为他们运用桌面和墙壁顶着纸盒，不让它滑动，再准确地贴上胶条。在工作之前，先研究了方法，所以能有最高的效率！

“从错误中摸索”，这句话已经过时！今天我们要说：

“用思想！用方法！用工具！从一开始，就不让它错！”

刘◇轩◇的◇话

晏平时代的包书工

老爸很爱举战争的例子，但我想强调——我们正生活在和平的时代，打仗才是不正常的状态。也许战争例子凸显了生死之间的严重性，但那毕竟是非常时期。

我同意老爸的观点，做事应该讲究正确的方法。但许多年之后，他竟然让我妹妹一边看格莱美音乐奖颁奖，一边做功课，并在书里倡导这是孩子的自由。所以我要抗议了：为什么我包书就不能看电视？老爸又没急着要去邮局寄书，我用自己的时间一边工作、一边娱乐，没什么不好啊！

你自己决定吧

你的书不是我的书，我无法为你取舍；你的纸箱也不是我的纸箱，我自己都分身乏术。最重要的是，你不是我，更不是我的影子，我不能为你做主一辈子！

为了搬家收拾东西，我最近真是忙得昏天黑地，可是每次问你准备得怎样了，你都好整以暇地说："不急嘛！两三下就可以弄好。"直到今天，距搬家公司来运东西只剩两天的时间，你才开始拿纸箱到卧室，却又不断来问："怎么封箱底？""不要的书是否要送给图书馆？""胶带没了怎么办？""前一年的笔记本要不要保留？""淘汰的书是不是扔进垃圾袋？"

这时我给的答案都是同一句：

"你自己决定吧！"

你应该很高兴听到这句话，记得我小时候第一次听见你祖母对我说“你自己决定吧！”有一种莫名的兴奋，就像听见“王妈妈送的压岁钱，你可以留着自己用”似的想要跳起来，因为那表示我可以做主了！

◎

做主是多棒的事！

做主是不必凡事去请示，做主是能按照自己想做的方式去做，做主是拥有支配的权利，做主是不必再听别人使唤！但记住：做主也是对自己的行为负完全的责任，甚至对别人负责！因为个人的行为会影响别人，当然自己做主，也就要考虑对别人的影响。譬如我是一家之主，听起来很有权威，却要对一家人负责；譬如你母亲是入学部的主任，也是主，便要对她的整个部门负责。

于是这做主就变得不轻松了！

◎

今天，我就要你做主，做你收拾自己东西的主！你可以对自己的东西操生杀大权。留？不留？带到新家，抑或丢进垃圾袋？全在你的一念之间！

当然，相对而言，你也就要考虑怎样去芜存菁，或在抛弃一样不该抛弃的东西之后，接受它所造成的损失。尤其麻烦的是，过去你问我怎么做这个、怎么做那个，我都一一解说，今天却要你自己解决。

你说没有封箱的宽胶带，我说我有一卷，但是自己正在用，无法分给你，请你自己解决！

你可以翻箱倒柜地找、去邻居家借、请已经能开车的同学载你去买，也可以冒着雨，走路到一英里外的小店买。但，请不要问我“该怎么办”。

今天是你自己看着办！

◎

不要觉得我冷酷，因为你已经到了应该自己对自己负责的年龄。你的书不是我的书，我无法为你取舍；你的纸箱也不是我的纸箱，我自己都分身乏术。最重要的是，你不是我，更不是我的影子，我不能为你做主一辈子！

记得我上成功岭的时候，长官曾说过一段话——“打仗的时候，上面只要求你几点几分攻下目标，而不问你的人是不是过度疲劳，不可能赶这么快！也不问你的火力够不够、粮食足不足，因为他们考虑的是全盘战况，无法一一照顾你的需要。总之，你生，你死，是你自己的事！在几点几分攻下那个据点，则是你无法逃避的责任。”是的，责任常常无法逃避。一个成熟的人，必定是能从头到尾负责的人。因为他知道，责任是一环扣着一环的，班长无法达成排长交下的任务，排长无法达成连长交下的任务，这样一层层推上去，只要下面的人不能完成使命，上面的目标也就无法达成。而战争是关系国家安危、民众死生的，岂能有人不负责？失职的人又怎能不接受最严厉的惩罚呢？

◎

回过头来，虽然搬家不是打仗，但是当搬家公司的车子到达时，如果你还没有整理好东西，我们全家的行动不都要受影响吗？

而隔天，买我们房子的人就要迁入，他们原先住的房子，也可能有急着搬进去的新屋主，这不也是一环扣着一环吗？

说了这一大堆，还是那句老话："你自己决定吧！"

刘◇轩◇的◇话

一步一步作决定

这篇文章，害得成千上万个中学生写了成千上万份作文。不过我现在回看，觉得这的确是一篇具有代表性的文章。它所传达的想法，在《超越自己》《创造自己》《肯定自己》里面反复出现，但我觉得也有一些矛盾——

虽然我老爸总强调，孩子总要走自己的路，而父母是终要放手的，但同时，他又很难不让自己插手于我的生活。他曾宣布不再过问我如何念书，只看我的成绩，却又苦口婆心地教我如何规划我的课业。他呼吁我要找最快的方法做事情，又提醒我不能依赖捷径。他叫我不要让应酬影响自己的时间，却又说好朋友值得“再看他一次”。

这些矛盾，曾经成为我叛逆时代的火药。“反正他说的就算啦！”我消极地告诉自己。似乎对每件事情，老爸都有一番道理，而从他的道理单独来看，其实都没错。只不过我年纪愈大，愈发觉人生很复杂，而每件事需要个别思考，才能作最好的决定。

研究人的心理发展，我认同“阶段性”的理论：在较早的阶段，孩童对世界的认知是由长辈直接传达下来的，随后在少年时代受到同侪的影响。然后，当一个人逐渐发现生活的矛盾，便开始下一个艰苦的阶段，把以前被灌输的观念一一拨开来，再建立真正属于自己的世界观。而打开这个阶段的钥匙，就是“决定”。当我们被赋予决定的权力，就是迈向成熟一步一步作决定的开始。

所以，我很高兴老爸讲了这么多大道理之后，竟然潇洒地说:“你自己决定吧！”这句话，比他以前给我的玉佩更具价值；它是我的成年礼物！

在压力下变茁壮

那天晚上，当我手脚冰冷地走上台，面对三家电视台的联播和万人的会场时，我的恐惧突然不见了，只觉得所有过去的紧张与压力，都化作了信心和勇气！

今天你为了在学校练习演讲，很晚才回到家，满脸饥容倦色地坐在餐桌前，却未见你吃几口。深夜，我经过你的房间，看你躺在床上若有所思，说是很困，却睡不着；你讲话时，我可以清楚地听见你的肚子在咕咕作响。一点钟左右，你总算出来弄了一碗意大利面吃，又喝了杯牛奶，但跟着喊肚子痛。

我叫你躺在沙发上，为你放一个电热袋在腹部，又弄了几颗胃药，让你服下，便离开了。不是我对你腹痛如此放心，而是因为我知道，你这些表现都是由于明天要比赛很紧张所造成，那是每个人都可能有的现象。

◎

当我在你这个年岁，也经常代表学校出去比赛，我得了台北市演讲比赛的第一名，又获得全省的冠军。名誉愈高，心理的压力愈重；由于从小学开始，年年的比赛都是秋季，我甚至只要感觉到秋天的到来，心跳就自然加速；听到广播或电视里传来颁奖的乐声，也不自觉地紧张起来，仿佛又回到比赛的会场。

尤其记得当我被选为体育馆庆祝晚会的主持人之后，整整一个多月，都吃不好，只觉得胸口有一种压力，甚至使我要作呕。

但是，那天晚上，当我手脚冰冷地走上台，面对三家电视台的联播和万人的会场时，我的恐惧突然不见了，只觉得所有过去的紧张与压力，都化作了信心和勇气！

据说，那一次我非常成功。它使我立刻被电视公司网罗，并进一步走入新闻采访与节目制作的行列。如此说来，那一个多月的压力，不是很值得吗？

◎

其实压力是无所不在的，只要你自我要求，只要别人对你期许，自然就有压力。面对战斗的恐惧也是任何人都难以避免的，记得我们一起看的《晚间新闻》(Evening Broadcast) 那部电影吗？女主角面对沉重紧张的新闻工作，早上先痛哭一场，再擦干眼泪，走出家门。

过去每逢我要播报晚间新闻，下午必定不碰咖啡，因为我发现，虽然已经是资深记者，喝了咖啡还是会有心跳加速的毛病。

后来我接受美国电视台一位资深记者的访问，握手时，发现他的手竟然也是冰冷的。有一次，台湾来了位红歌星演出，上场前我到后台看她，不但觉得她手心冰凉冒汗，甚至发现她不断地做深呼吸，以驱除身上微微的颤抖。

◎

所以当你看到台上人谈笑风生地主持节目，或记者轻松地播报新闻时，要知道，他们在上台前，也都有心理压力。因为他们错不得，一错就呈现在千百万人的眼前。而且，你不要认为成名的老手比较轻松，实际上人的名气愈大，包袱愈重；他们是扛着半生的荣誉上台，怎能不慎重呢？

如此说来，以你一个藉藉无名的学生来与他们比，那点压力算得了什么？我们甚至应该欢迎压力的到来，因为压力往往能激发我们的潜能，使我们超越原来的自己。

◎

近代科学家，对于进化论有一派新学说，他们发现许多生物不是逐渐进化，而是突变进化的，而那突变往往是在环境压力的突变之下产生的。

文艺的伟大作品和新流派，同样往往是在压力下产生的，没有战争的苦闷，恐怕不会产生达达主义（Dadaism）和毕加索的《格尔尼卡》(*Guernica*,1937)，更不会有杜甫的《兵车行》。甚至孵豆芽的人都发现，愈是压在下面的豆子，长出来的豆芽愈大。

◎

记得我第一次定做西装的时候，裁缝说我的左肩比右肩高，我笑答:“必定是因为我高中时都用右肩背书包，所以压低了！”裁缝则说:“你错了！你一定是用左边背，不信你注意挑担的人，常挑担子的那一个肩头，即使没有担子在上面，也会比另一肩高些！”

可不是吗！压力虽然不好受，但是好！它只会使我们站得更挺、走得更稳，能够在未来承担更大的压力，产生更强的斗志。且从身体的内部、心灵的深处，激发出源源不绝的力量，走向人生的凯旋门!

刘◇轩◇的◇话

永远要再努力一点

我完全同意老爸的想法，只想补充一句：压力应该与能力相当，千万别自不量力，给自己过大的压力。

心理学家和运动学家都认为，人表现最佳时，往往就是当目标超出自己既有能力一些时。也就是说，人都要比自己的本领再努力一点来达成目标，而非好高骛远。过多压力跟自不量力都是有害无益的。

伯乐与九方皋

伯乐推荐九方皋去为秦穆公找千里马。

三个月之后，九方皋回报："已经找到了，是在沙丘的一匹黄色的母马！"

抓来之后，却是一匹黑色的公马……

十年前，当我初抵纽约，曾经遇到一位总是穿着笔挺白长裤、抱着名牌摄影机的人，当时他递给我一张名片，头衔十分特殊——台湾电视公司的星探。据说他早年确实发掘过不少人，那些人后来都成了熠熠红星。

不久之后，有朋友转告，星探见到我，立刻通知了台湾的公司，说他发现一个人，是从事新闻工作或节目主持的人才，应该立即掌握。

而他的公司主管在弄清楚是我之后笑答："你真有眼光，只是因为久居海外，不知道这个人已经被友台重用多年了！”

◎

说这个故事给你听的原因，不是要告诉你，我有多么杰出，而是要你知道，这世界上有一种人，非常懂得看人。具有这种才能的政治家，会被赞美为“知人善任”；具有这种才能的电影人，会被委任为“星探”；具有这种才能的养马专家，则被尊称为“伯乐”或“九方皋”。

你或许不知道谁是九方皋。据《列子》记载，当伯乐年老，秦穆公请他推荐孩子继续担任相马官时，伯乐回答：“我的孩子只能看出一般的好马，却认不出天下少见的千里马。只有九方皋行！”

于是秦穆公请九方皋去找千里马。三个月之后，九方皋回报：“已经找到了，是在沙丘上的一匹黄色的母马！”可是派人抓来之后，却是黑色的公马。

秦穆公很不高兴地对伯乐说：“你介绍的人真差！连马的毛色和公母都分不清，怎能认出马的好坏呢？”

伯乐居然长叹一声，赞美道：“没想到九方皋相马的技术到了如此高深的境界，这已经远远超过我，因为他看的是内里的天机与精神，而完全不在外表；九方皋相马的价值，要比千里马更宝贵呀！”

叫人把马牵来试，果然是天下少有的千里马！

◎

听完这个故事，你有什么感想？如果世上没有九方皋和伯乐，千里马常会被埋没，它们夹在马群中吃草饮水，没有特别的训练，一生可能不过是匹普通的马。换个角度来想，如果你是千里马，是不是希望遇到伯乐和九方皋呢？

你会发现，在未来人生路途中，随时可能见到识才的人，只是有些如同伯乐的孩子，有些是伯乐，有些则是更伟大的九方皋。他们可能是从周记作文中发掘你写作才能的老师；可能是从贺年卡几个字，发现你书法潜能的学人；也可能是由你的眼神中，见出你不凡器宇的长官；还可能是跟你具有同等才华的朋友与敌人。

◎

对的！朋友与敌人！

据说剑客对阵时，即使尚未出招，由彼此眼神中，就能知道对方的功力。你会发现，有一种识才的人，他们本身并不具有与你相同的才华，只是从客观的角度察觉。另一种人则与你相当，他们用感觉，感觉你的气势，他们可能成为你的劲敌，也可能英雄惜英雄地变为你的朋友。

◎

中国最伟大的诗人李白和杜甫，居然生在同一个时代，而且成为好朋友，李白比杜甫大十一岁，杜甫考进士落榜之后，曾离开长安，流浪了八九年，而在这时认识了李白。相信李白对杜甫这位小老弟的影响一定不小，我们也可以由杜甫《梦李白》的诗中，见出他们深厚的友谊。

◎

美国著名的文学家庞德（Ezra Pound，1885—1972）比海明威（Ernest Hemingway，1899—1961）大了十四岁，海明威曾说："庞德是真正教我如何写作和如何不写的人。"海明威的文章以简练著称，不是也必然受惠于庞德的指点吗？

◎

你会发觉一个真正"识才"的人，必定有宽大的心胸和较少的偏见，因为若不如此，他就无法像九方皋一样抛弃表面，观察到内里。

你也会发现，一个真正的人才，必然不会嫉才，因为他自己若有独到的才能与自信，又何必去嫉妒别人的才能？他反而会因为发现你的不同光彩，而乐于与你结交；即使不得不与你竞争，仿佛变成敌人，仍然会尊重你的才能。因为你如果没有分量，又哪配做他的对手？

谈了这许多，我只是希望你：

在人生中找寻伯乐与九方皋，同时也做别人的伯乐与九方皋。最重要的是不必矫情，因为九方皋不看表面；更不可偏见，因为那样就见不到整体；更不必去嫉妒人，因为那只会显示你的才能有限、器量狭小！

愿你如杜甫遇到李白，如海明威遇见庞德！

刘◇轩◇的◇话

成功不必在我

我当年觉得这篇文章非常难懂，现在回头看，有意思多了。

懂不懂欣赏人才是一回事，造就人才是另一回事。我认为：如果遇到可以跟自己竞争的对手，要尊重他，甚至辅助他。

我以前担任杂志编辑时，有个朋友学历不高，但学识丰富，写作也棒，我让他进入杂志社工作。而今虽然我离开了，他还在那儿一路攀升，有很好的表现。我觉得发掘一个人的才华，然后帮助他、造就他，是非常大的乐趣与成就。

肆情的夜晚

你会觉得自己一下子成熟了，你也可能觉得在深夜的街头，几个同学攀肩搭背，做成仿佛喝醉酒的步履蹒跚，不管人们已经熟睡，肆情地唱着、叫着，有一种特殊的过瘾。

你们排练了一个月的歌剧《咒语 · 秘笈 · 水晶球》（*Spells, Scrolls and Crystal Balls*）总算在“到场家长们的掌声，与未到场家长们的怨声”中落幕了。我这么说的原因是：到场欣赏的家长，都惊讶于你们精彩的演出，而不会责怪时间拖得太长；未到场的家长则可能焦虑地在家等到一两点钟，才见他们的子女回来。

至于你，天哪！居然玩到天亮！

虽然十分疲惫，你却一进门，就兴高采烈地述说演出时的糗事和两百八十多人庆功舞会的过瘾。我相信，那必将成为你终生难忘的夜晚。

◎

大多数人的记忆中，都会有这种兴奋的时刻。譬如我至今总想起小时候中秋节，大人们在瓜棚下纳凉，孩子在四周扑萤火虫，或在漆黑的田埂上追逐的画面。

我也不会忘记初中毕业旅行，夜宿狮头山，大家出去摸黑，看见月色下的塔影，所留下的深刻印象。甚至大学时全班外出旅游，住在金山“救国团”营地，晚上溜出去吃消夜，食物中毒送医院急救，都成为美好的回忆。

妙的是，那些刺激的、浪漫的、难以磨灭的时刻，往往发生在没有父母约束，可以放肆、冒险的场合。

◎

昨天这个夜晚，对你来说，不正是如此吗？

当你在炫目的闪光、震耳的音响、腾腾拥挤的人气与汗酸味中，跳着、喊着的时刻，该有多么过瘾哪！一个多月，为了演出而结合的同学，落幕之后，就要各回自己的班级，难得再聚首了。于是谢幕时的掌声，便带着一种光荣与凄美。至于那通宵的舞会，不是就更显得壮丽而豪情了吗？

你会觉得自己一下子成熟了，你也可能觉得在深夜的街头，几个同学攀肩搭背，做成仿佛喝醉酒的步履蹒跚，不管人们已经熟睡，肆情地唱着、叫着，有一种特殊的过瘾。

我和你的母亲，就是为了让你在生命中留下这难忘的一刻，而宁愿忍耐那焦虑的等待。

◎

可是，现在，天已经亮了！上班的人都开始出门了，小鸟们也准时出现在枝头鼓噪，垃圾车正轰隆轰隆地开过门前。昨夜对你来说，固然是那么不平常，这个世界却还在一如平常地运转。你，是不是也恢复了常态呢？

在西方社会，成人晚上带有少许酒味，是被人们接受的；但是如果早上带有酒气，则受到轻视。因为早上应该迎向工作，多么放肆的夜晚，也要在此刻结束。

只有知道收束的人，有资格纵情；只有早晨知道迎向光明的人，可以享受一些夜的绮丽。

在你的未来，必有许多像昨天那样的夜晚，希望你都能知道收心，而有个明朗清新的早晨。

起床吧！今天的阳光很漂亮！

刘◇轩◇的◇话

人不痴狂枉少年

看着话剧演出时的照片，瞬间将我带回当年的情境。在那场演出里，我和朋友一起付出，顺利完成后，获得很大的成就感。我们在城里狂欢，感觉纽约市是属于我们的。虽然如今想起来，当时只是小孩在扮大人，但长大之后，知道天高地厚，反而很难再有那样的感觉。现在年纪大了，必须早起上班；在生活压力下，也没了体力和时间。我认为在人生的每个阶段，都会有该做的事、该有的享受，所以我很感谢老爸老妈那天晚上给我自由，让我拥有如此美好的回忆。

反败为胜

某“侃爷老师”上课时说：“在美国，如果有人要跳楼自杀，你绝不能去拉他，否则就是妨害自由；只有当他真跳下去时，你才能跟着跳下去，在空中拉他一把！”

今天傍晚，你一进门就倒入沙发里，把脚搭在妹妹的娃娃车上，抱着头吼：“历史期末考试考得糟透了！这次是统一命题，结果老师死命教的东西，一题也没考；他认为不重要，半段也没教过的却考了一大堆！”

当我进一步追问实际的情况时，你却猛挥双手：“不要提了！不要提了！我连想都不要再想！”

而当我也冒了火，骂你为什么把在学校的气带回家里来时，你则含着泪光抬起头：“爸爸！你要知道我这个学期单单为这门历史课写的报告就有一百多页，我忙到夜里两三点，我不是不用功啊！可是却没考好！”

◎

是的！我知道你总为历史报告找资料，忙到深更半夜，但你为什么不想想，世上没有白做的学问。你的老师或许有异于出题老师的观点，在那厚如砖头的课本里，只选择他认为重要的地方教，使你跟着他念，考砸了。但虽然这次考试没考到，学问还是在你心里啊！

或许你要讲，大多数其他老师，教的重点都差不多，只有你班上的老师特殊。那么，你为什么不想你所学到的，也正是其他班没注意的呢？今天你失败的地方，何尝不能成为未来杰出之处？如果有一天大家谈到有关历史的东西，你把话题带到今天所学的主题上，不是就能知人所不知，而一鸣惊人了吗？

◎

记得我在高中一年级，参加某报社举办的演讲比赛，在初赛时惊讶地发现一位强劲的对手，使用近于朗诵诗的语调和内容，而十分羡慕地回家模仿，岂知反而因为失去了自己原有的风格，模仿得又不成熟，而在决赛时落到亚军。

我失败了吗？没有！因为这世界上可能有投资落空的事，却没有白做的学问。我在那次比赛之后，痛定思痛地钻研朗诵诗，进而阅读各种诗学的书籍，使我竟然能在大学时代，四次导演朗诵诗，参加比赛获得冠军。对于新诗的钻研，更使我得到了新诗学会的优秀青年诗人奖，甚至成为参加世界诗人大会的代表。

我问你，高中那场比赛，我是真失败了吗？我肯定地告诉你：从跌倒的地方爬起来，那可能正是你更大成功的开始！

◎

当然，或许你要讲自己是跟错了老师，如同第一等的战士，因为跟错了将军，落入敌人的埋伏。若是如此，我就要说你不智了！因为在军队里，长官叫你往东，你不能往西；在学问的领域，却是任你驰骋的。当你发现老师用一整堂课，只是谈希特勒为什么叫希特勒，而有偏废的时候，你只好靠判断来自习了！

◎

记得我上高三时，有一位考进台大的校友写信回母校，大胆地劝小老弟："那些三民主义受教于某侃爷的同学，只好自求多福了！"

每一位受教于某侃爷的同学，都心知肚明，因为那位老师总在课堂上侃得昏天黑地。虽然是满堂彩，保证没人打瞌睡，大家却都知道：跟着他，保险大学"联考"，三民主义这科要泡汤！

你知道他"侃"些什么吗？当他教到"自由"时，会说："在美国，如果有人要跳楼自杀，你绝不能去拉他，否则就是妨害自由；只有当他真跳下去时，你才能跟着跳下去，在空中拉他一把！"

问题是，这位“侃爷”，是知名的文学家，有相当不错的成就。而受教于他的同学们，“联考”也都考得不差，因为大家靠自己用功！

◎

让我再讲个故事吧：

当我上小学五年级时，班上来了一位刚从师范学校毕业的美术老师，居然不教小朋友画图，只是把世界名画的月历挂在黑板上，命令大家写感想，评论那画的好坏。我当时已是学校里有名的“小画家”，十分不服气，就乱涂一通，结果公布成绩时，我是唯一一个被叫出去打手心的，那老师还说“看你长得瘦，少打一下”呢！

一直到小学毕业之后好几年，我都难解对这老师的痛恨，可是后来知道他离开教职，继续出国进修，成为不错的艺评家；而我，这个被打手心的，也走出了自己艺术的道路。

而今想想，谁错了呢？谁都没有错！如同你现在的历史老师，你可以不同意他，却不能否定他。因为非常的老师，往往有非常的观点，也可能有非常的成就。最重要的是，不论老师或学生，都应该有他们独立思考的能力。古人说“尽信书，不如无书”，我们也可以讲“尽信师，不如无师”！

希望你能以今天的考试作为教训，细细回想：是怎么跌倒的？是真的跌倒了吗？抑或只是成功的一种“低姿势的开始”？

刘◇轩◇的◇话

不争在一时

因为老师出了歪题而让我考差了，当时我真是很不高兴。感谢老爸的正面劝导，只是我觉得在只问收获的情况下，心里还是不平。

史蒂文森高中有许多历史老师，学生常会挤破头去选修比较好过关的，还有一些人会以奇怪的理由选择轻松的课程。当我选择那种不按牌理出牌的老师，结果在同样的科目上，别的同学轻易获得高分，但我拼死拼活却只得低分时，我怎能心平气和？

不过现在回想起来，能让自己学到额外的知识，还是比选择容易过关的课程来得有收获。这是我在多年后才真正体悟出来的。

第三篇　写给女儿：没有成功是偶然

我们会在挫折中长大，而不一定在成功中长大。因为成功常使我们自满，挫折却使我们知道“自己不如人”。

“不如人”会更努力，更努力就能成长。

不补习也能很棒

说实话，如果课本编得够好，学生又够聪明、够勤快，绝大多数的课程，是可以自修的。

相信当过学生的人都有这样的经验，就是你因事请假，几天没去学校，只托同学告诉你有什么功课，然后自己看书写作业，居然没老师教，自己也搞懂了。说实话，如果课本编得够好，学生又够聪明、够勤快，绝大多数的课程，是可以自修的。问题是为什么学生不但要上学，要学校的老师教，放学之后还常常得补习呢？

记得我高中的时候，有一次去看廉价电影。那戏院很简陋，屋顶矮，座位的斜度不够。有些前面的人把书垫在屁股底下，好看清楚一点。只是他们一垫高，后面的人就不得不垫书包，再后面的人则坐在椅子扶手上。

你知道我那天在最后面，是怎么看电影的吗？我居然是两脚站在椅子扶手上看的。我后来常想起这一幕，心想，如果从一开始，每个人即使不能看得很清楚，也不随便垫东西，就不会造成后面一堆人倒霉，使大家都能好好坐在椅子上看一场电影。

现在那么多学生要补习，不是同样的原因吗？当大家都补习时，你不补习就难免落后。这是当然的道理，今天你花一小时做功课，别人花三小时做功课，而且补习，除非他比你笨太多，他的成绩当然应该比你好些。

最起码，碰上特别深或特别怪的题目，学校老师没教，他在补习班却可能学过，那题他会，你就不会。结果，逼得你不得不补习。所以我不能在这儿唱高调，教大家不补习，因为考场如电影院，当大家都站起来的时候，你不能不站，否则什么也看不到。

这里要强调的是，补习虽然可以加强孩子的程度，但我们应该避免不公平。什么是不公平？举个例子，今天一班三十五个学生，其中三十个在学校教英文之前，早学会英文字母的大小写了。老师会不会因此在一开始就对学生说“你们大概都懂了，我就不浪费时间教了”，结果简单带过？

他会为那五个可能家里穷、交不起补习费的学生，像对待一窍不通的孩子一样，悉心教导吗？这就是不公平，对那五个孩子不公平，使那五个孩子可能因为起步跟不上而影响一生，也使穷困人家的孩子更难出头。

别以为你家有钱，使你可以补完这样补那样就是幸福。如同我前面提到的，一个孩子小时候补习，比较有效果，容易名列前茅，但是当你大了，上了高中，学校要做练习、要背诵的功课已经没时间应付了，如果再去校外补习，就可能造成你补了却无法吸收。也正因此，很多小学前几名的孩子，到高中就算补习，功课也好不起来。

或许这么说，还有读者不懂，我就再举个例子吧！

如果你带你上幼儿园的孩子每天练跑步，跑一阵，你孩子很可能成为幼儿园里跑得最快的娃娃。你一路教，他甚至能到小学中年级还跑得比别人都快。但是再往下去，就算你教，甚至请国手教，他还一定会比别人强吗？每个人的身体不同、天资不同，后天再练习，也有难突破的地方啊！

读书一样，个人天分不同，不是补习都管用的。没错！“勤能补拙”，但是请问，什么是勤？勤是别人练一分，你练三分，甚至十分，那需要时间和精力，你有那么多时间、有那么多精力吗？别人读到夜里一点，你读到三点、四点，你受得了，又能不受伤害吗？

今天中国家长常犯一个错误，就是认为只要孩子用功，就一定能比别人强。却没想想，当人人都用功的时候，就像大家都站着看电影，甚至站在扶手上的时候，除非你站到椅背上，否则是不可能看得清楚的。所以如果你是家长，只要孩子尽力了，他拼不上去，就不必多责怪他。人各有长，你的孩子说不定长不在此，长在彼。如果你是学生，你尽了力，上不去，也不要怪自己。“天生我材必有用”，你要想想自己有哪些长处，往那里发挥，赢过别人。

还有一点，当你补习效果不理想的时候，也要想想，会不会因为在补习班先学了，造成你在学校上课的时候不专心，结果老师特别教了些东西，你没注意，反而考不好。还有，你想想，如果一样东西，你先花了两小时补习，又在学校用两小时听老师重教一遍，你能做了补习老师的功课，就不做学校老师的功课？又能在学校的课堂上，不听课，去做别的事吗？结果你单单学这样东西，就花了四小时。搞不好去补习班，来回又花了不少时间。相反，假使你上课时专心听讲，回家立刻复习，不是只用一半的时间就成了吗？多出来的时间可以学别的，或自己找些课外的东西，效果不是好得多吗？结果你省了时间、省了金钱，还省了精力。多棒！不信你注意有关高考榜首的新闻报道，那些人常常没上过补习班。他们赢在什么？赢在当天上课、当天复习，赢在专心上课、不拖延，当然也可能赢在天资。就算你天资不及他，最起码前两项可以做到吧！

最后我要说，如果你是老师，发现班上的学生都在课外补习，你要想想：会不会是你教得不够好、不够认真；会不会学生听你讲课，他不懂，出去听补习班老师讲课，就懂了；再不然你教，学生不感兴趣，记不住！

补习班老师教，学生就感兴趣，甚至能学到窍门，很容易记住。这时候，你这做老师的能不检讨、能不加油吗？如果你同时在学校跟补习班教课，在学校不认真，到补习班特拼命，你就更差劲了！

单亲又如何

说单亲的孩子没人管，单亲的孩子缺乏爱，所以容易变坏。照这样说，孙中山、华盛顿、林肯，还有美国总统奥巴马大概都是坏孩子了。

多年前我有一天接到一位记者的电话说想采访我，请我谈在单亲家庭成长的感想。“单亲家庭？”我先一怔，但是再想想，可不是吗？只是我为什么从来都没那种感觉呢？

我的父亲在我九岁的时候就去世了，我的母亲跟我有四十二年的差距和代沟，我又没兄弟姐妹。每天放学之后，只好对着院子里的花草和屋子里的猫说话。或许就因为我总是自言自语吧，于是培养了许多想象和自我省思的能力，走上画家、作家的路。

好多作家不都这样吗？他们甚至比我更惨——罗素三岁，

妈妈就死了，五岁又死了爸爸，由祖母带大。托尔斯泰一岁半死了妈妈，八岁死了爸爸，由姑妈带大。川端康成两岁死了父亲，三岁死了母亲，住到祖父母家。四岁后祖母死了，只好跟着祖父过，偏偏十五岁时祖父又死了。川端在他的作品《参加葬礼的名人》里说："祖父出殡的时候，夸张一点说，全村五十家人都为可怜我而落泪。"又说，"大人怜悯的温情，我这个孩子当然明白，只是在小孩心中，反而留下冷冷的阴影。"

这下我了解了。我没觉得自己是从单亲家庭里出来，是因为我周遭的人，没有用怜悯的眼光看我。或许他们不知道我的背景，或许他们装作不知道，也或许他们没有什么同情心，因为那个时代，大家生活得都很苦。

但是再想想，这何尝不是我的福气？如果别人都用特殊的眼光看我，只怕我也要像川端一样，留下许多阴影了。

记得一位因为失火而毁去容貌的残障朋友对我说，对他们最好的方法，就是不要用特别的眼光看他们。眼睛掠过他们可怕的脸上，只当看见个普通人。不要问，也别叹气！否则只会让他们孤独、感伤。如此说来，现在社会上，许多单亲家庭对孩子造成的心理困扰，会不会是周围人造成的呢？大家都以不同的眼光看那些孩子，甚至听说，有班上掉了东西，先怀疑是单亲家庭孩子拿的，且编织一些道理，说单亲的孩子没人管，单亲的孩子缺乏爱，所以容易变坏。

照这样说，孙中山、华盛顿、林肯，还有美国总统奥巴马大概都是坏孩子了。孙中山十三岁就跟着母亲去了檀香山。华盛顿的妈妈不但是她丈夫的第二任妻子，而且在华盛顿十一岁时做了寡妇。林肯的母亲则在林肯九岁的时候死去。再想想美国前任总统克林顿，还没出生，爸爸就死了。

奥巴马则在两岁多的时候，父母就离婚了，后来只有十岁的时候跟他生父相处过一个月。

这些人都有着所谓“特殊”的家庭，却非但没变成坏孩子，还“增益其所不能”地成为伟大的领导者。是因为大家没有用特殊的眼光看他们，还是即使有人这样看，给他们留下阴影，他们也能化悲愤为力量，创造更杰出的成就？

本来嘛，死了父亲、死了母亲，或父亲再娶、母亲改嫁，都是上一代的事，跟孩子有什么关系？每个人都是独立的个体，每个人都是平等的“人”，每个人都对自己负责，何必把上一代的事硬往自己头上戴？

记得我儿子上高中的时候，有一天请朋友到家里玩。他的好朋友马可没来，我问为什么，他说：“因为马可的妈妈跟她的男朋友去佛罗里达度假，马可要留在家里照顾他智障的弟弟。”还有一天，他说他女同学乔安娜的男朋友晚上常跑到乔安娜家里。我说她父母不管吗，儿子回答：“乔安娜的爸爸很多年前就出走了，她妈妈为了多赚点钱养家，只好每天做‘大夜班’的护士，所以晚上总不在家。”当这些孩子提到他们的单亲家庭，一点没有特殊的感觉，也没有一点自卑。他们何必自卑？每人头上一片天，父母是父母，最重要的是：“年青一代”得面对自己的未来。他们功课都棒极了，且以全额奖学金，进入最好的大学。可是，为什么我总接到年轻朋友的来信，恨自己的父母离婚，怨自己是单亲家庭的孩子？是因为他们不能独立，还是因为被双亲家庭的孩子歧视，造成心灵的伤害？

家庭美满的人，不能去歧视别人，而应该感恩啊！何况，有多少孩子虽然父母都在，却难得见面。双亲家庭的父母如果不多跟子女接触，还可能远不如用心带孩子的单亲家庭。从任何角度看，都不应该有所谓谁歧视谁。正如《华盛顿邮报》引述的，美国内布拉斯加林肯大学社会学家阿玛陀说：“许多人说由于再婚、单亲和同居家庭数目的增加，削弱了传统家庭，并造成种种社会问题。这个观点非常幼稚，因为我们的研究结果显示，各种家庭结构都可行，它们确实不同，但不同不一定不好。”

美国联邦政府从一九七七年开始，做全国儿童的调查，连续追踪两千三百个七岁的儿童，一直追到这些孩子结束叛逆的青春期为止。结果也显示，如果把同样教育和经济背景的单亲家庭子女和双亲家庭做比较，几乎没有差异。

每当有单亲家庭的孩子诉苦，我都读这份报告给他们听，并对他们说：“不要怨自己单亲。父母的事，子女很难置喙。最重要的，是站稳你自己，面对你自己的未来。”我也对一般学生说：“用平常心对待你们单亲的同学，就是一种最好的关怀。”我还要对双亲家庭的父母说：“别忘了你的孩子，别让你的孩子好像生活在无亲家庭！”

使你的美梦成真

什么叫作天才？天才实际上决定于个性。谁坚持得久，谁就是天才，谁自己要强，谁就是天才！

“我看到她了！我看到她了！”

今天下午，你在纳苏体育馆指着场外的一角喊。

接着扩音器播出主持人的介绍，场内响起如雷的掌声，关颖珊已经轻快地滑入溜冰场了。

她今天采用的音乐也是大家熟悉的，才奏出几个音符，场内就响起一片高呼：“木兰（Mu-lan）！”

关颖珊打扮得也像木兰，红色的上衣、黑色的短裙、朱红色的水袖、白色的溜冰鞋，当她在空中做出三转跳的时候，真让人想起电影里花木兰的英姿。

◎

她的速度真是快极了，唰的一声就从我们眼前掠过；她的两只手那么优美地摆动着，甚至让人觉得伴奏的音符正由她的指尖流泻出来。

你妈妈叫你注意关颖珊双臂的高度，说：“你看，她的双手能举多么高！不像你，垂着，好像小鸡的两只翅膀。还有，她的每个动作都是那么连贯，好像穿在一起，完全分不开。”当然我们都知道这是非常困难的，即使世界溜冰大赛的一流选手，都常常给人一种“他们只是努力去做好每个指定动作”的感觉。尤其在最困难的三转跳之前，多半的选手都露出一副严阵以待的样子，不像今天见到的关颖珊，整个动作仿佛一气呵成。

◎

但是，你记得吗？就在去年，关颖珊也遇到了瓶颈，顶着全美和世界溜冰冠军的头衔，她的心情变得非常沉重。

我们再见不到她轻松的笑容，反而看到她上场前紧绷的肌肉，听教练的安抚和低头祈祷的画面。她甚至对记者说，虽然她练习三转跳已经无数次了，而且没有一次失误，但是比赛前，她还是觉得心里不踏实。

果然，她摔倒了，一次又一次，把才得到一年的冠军的头衔都摔掉了。取代她，得到第一名的居然是比关颖珊还小两岁的利平斯基。而利平斯基，在一年前才只拿到世界溜冰大赛的第十五名，怪不得她说：“不敢相信自己的美梦能成真！”

◎

其实，今天在场边，哪个孩子不是在希望自己的美梦成真？有些人的美梦是希望能见到关颖珊，有些人的美梦是希望有一天能跟关颖珊一样。爸爸听得出来，四周坐的小朋友，个个都会溜冰，他们能喊出每个动作的术语，他们的尖叫，把爸爸的耳朵都要震聋了，包括你在内。

因为关颖珊是你们的偶像，对不对？

什么是偶像？

偶像是你崇拜的对象；偶像是你模仿的标的；偶像是当你还在梦想，他却已经成功的人。

但你有没有想过一个偶像的形成，需要多少汗水与泪水？

你知道关颖珊从五岁开始学溜冰，除了出水痘不得不休养，从来不曾两天以上不练习吗？

你知道她每天天不亮就起床，去冰场苦练。因为比赛耽误了功课，特别请了三位家教，每天下午三点补习到七点，还要花两个小时做功课吗？

你知道她没时间看电视、没时间交男朋友，甚至为了控制体重，一个月只能吃一块巧克力吗？

你又知道，当她去年陷入低潮，一上场就紧张，一紧张就摔倒，那阵子，她遭受了多大的“内心挣扎”吗？

所以，当你看到她今天在如雷的掌声中，做出一个又一个优美的动作，甚至全场起立为她喝彩的时候，不要忘记——

那些都是她付出血汗的成果，这世界上，没有一个成功是偶然的。

◎

你妈妈说得好——

在溜冰场上，可以看见一堆精力旺盛的父母。他们每天起早睡晚，开车带着孩子到各地的溜冰场练习、比赛。为了追随名教练，教练走到哪里，就跟到哪里。

那些父母穿着厚厚的大衣，守在溜冰场旁边，常常对着场子里的孩子大呼小叫，有时候孩子要休息了，父母还把孩子赶回场子。

“但是，”你妈妈又说，“如果孩子心里不想溜，你再逼也没有用。所以，什么叫作天才？天才实际上决定于个性。谁坚持得久，谁就是天才；谁自己要强，谁就是天才！”

关颖珊不是也说过——

溜冰必须去感觉音乐，触动其中的情感，从你内心发出来，而不只是注意外表。

◎

关颖珊今天在“友谊杯溜冰大赛”里又得了冠军。

爸爸猜，她不知道今年能得到多少冠军，因为据说她去年在半年当中，就能巡回各地，参加六十五场演出。

相信每一场，都会有像你一样的小朋友，坐在场边，鼓掌、尖叫、献花。

然后，再在父母的带领下，到他们自己的溜冰场去练习。一边练，一边想着关颖珊，一边梦想有一天自己能成为第二个关颖珊。

于是，爸爸突然了解，为什么关颖珊在美国受欢迎的程度，远远超过在奥运会赢了她的利平斯基。

因为关颖珊在电视转播里，比利平斯基摔得多。

她摔倒了，又爬起来，再摔倒，再爬起来。当利平斯基已经转入比较轻松的职业冰坛时，关颖珊还坚持一站又一站，参加比赛。

亲爱的小女儿！

你今天终于见到了关颖珊，从她身上，你学到了什么？

神会保佑谁

如果参加考试的人都拜同一个神，到底神会保佑谁呢？当然，应会保佑那个比较用功的。

昨天晚上，我特别延后打电话去台北，好把“线”空出来，使外面的电话能拨得通。

过去我和你妈妈接电话的速度都很慢，还常怨别人专在我们吃饭的时候来电话，但是昨天不一样，我们都急着去接，甚至两个人在不同房间，同时拿起电话筒。

你在楼上做功课，还开着你最心爱的小喷泉，一副很轻松的样子，但是爸爸知道，你一定也竖起耳朵，听每一个电话。

当我们先说 Hello，又改为说普通话的时候，你一定很失望。其实爸爸妈妈也很失望，因为那不是钢琴比赛主办单位的电话。

昨天晚上，是成绩揭晓的时候，只有得第一名的人才会得到通知，所以，我们希望，又失望了。

◎

上床时，你照例来亲我，道一声“爸爸晚安”，你装作若无其事的样子，爸爸也没有提。

其实爸爸早就不认为你能得奖，那么大的比赛，你又没下很大的功夫，凭什么让你抱走奖牌呢？

所以爸爸这两天不断跟你说，能参加就好，不要指望赢。

爸爸也告诉你，有好多小朋友，在你这个年岁，就告别父母，一个人，以资优小天才的身份到美国来，住在外国人的家里。他们虽然小，但是知道父母省吃俭用，送自己出国找名师，就是为了学好音乐。所以，他们一天练琴常常超过六小时。

如果他们也参加了比赛，你说，应该是他们得奖，还是你这个一天只练一个小时琴的孩子得奖呢？

记得爸爸小时候，每次考试，都祈祷，希望上天保佑我考得好。可是后来，爸爸一天天长大，就想：如果参加考试的人都拜同一个神，到底神会保佑谁呢？

当然，应会保佑那个比较用功的。

“天助自助者”，上天帮助那些“先能自己帮助自己的人”，就是这个道理啊！

◎

相信你还记得，去年去欣赏那些得奖孩子的演出，与你同龄那组的第一名，演奏的是巴哈的《Prelude and Fugue in C minor，Book Ⅱ》。当你后来告诉你老师的时候，他不是惊讶地说："天哪！那么小，怎么可能弹连大人都难应付的曲子！"

但是，那个祖国大陆来的小男孩，不是就在如雷的掌声中，做了完美的演出吗？

如果这次比赛又是一个像这样的孩子得奖，你能不输得心服口服吗？

◎

你安安静静地去睡了。

不知道你会有怎样的梦，梦见赢了，还是输了？

我只想告诉你，我们会在挫折中长大，而不一定在成功中长大。因为成功常使我们自满，挫折却使我们知道"自己不如人"。

"不如人"会更努力，更努力就能成长。

我也要告诉你，梦到的成功不算成功，梦中的失败也不是失败，只有睁开眼睛时的成败才是真的。

◎

等到夜深了，爸爸才拿起电话，打回台北办公室。

一边拨越洋电话，爸爸一边想——

这时候，会不会也有一个漂洋过海来的小孩，兴奋地打电

第四篇　人生要有闪耀的过程

上帝赐予我们的一切，就世俗的观点，虽然有美丑之分，但就我们自己来说，无论好坏，那都是我们所独具的啊！

有用的苍蝇

想要获得未来的成功，往往得忍受一时的不便。

某年春天我到台湾南投的福寿山农场参观。因为正逢桃梨开花的季节，农场内仿佛织起了一大片粉红的锦缎。可惜的是，在这优美的环境当中，不知从哪儿飞来许多苍蝇，使我赏花的心情大受影响。

“在这高山上，为什么会有那么多苍蝇呢？”我对农场主抱怨。

没想到他笑了笑：“这些苍蝇都是我们花钱从山下运来的。”

“为什么自找麻烦呢？”我说。

“因为它们能够帮助传播花粉，使水果丰收。”农场主笑道，“所以现在看起来，它们虽然是一种小困扰，但对将来而言，却是一项大帮助。”

泪

当我们由于痛苦而哭泣时，必须立刻将泪水拭去，因为只有这样，才能获得别人的尊重，也只有明澈的眼睛，才能面对眼前的打击。

泪真是很神妙的东西，平常它储藏在泪腺中，不时分泌些，以滋润我们的角膜，使眼睛不致干燥疲劳；遇有尘沙飞入，更能及时大量地流出，将脏东西冲洗掉。泪是那么清澈、纯净而自然，所以有人说“世上最好的眼药水是泪”。

当然泪还有一个极大的功用，是任何药品都无法比拟的，那就是宣泄压抑的情感。所以，我们万分痛苦时会落下悲伤的清泪，无比欢愉时也会涌出感动的热泪。它是那么自然地涌出，使我们难以克制。泪少时，或许还能噙在眼眶，暗暗地吞下肚子；泪多时，则挂上了双颊，不得不用手擦拭；至于那簌簌如断线珠子般的泪水，则难免沾湿了衣裳。

◎

中国人是最善于隐藏情感的民族，但在文学作品中描写落泪的仍然相当多，从“忽闻歌古调，归思欲沾巾”[①]的欲泪、“掩泪空相向，风尘何处期”[②]的掩泪，到“但见泪痕湿，不知心恨谁”[③]的泪痕。从“乡心新岁切，天畔独潸然”[④]的涕泪、“望君烟水阔，挥手泪沾巾”[⑤]的拭泪，到“长使英雄泪满襟”[⑥]的沾衣。更有夸张的，如“近泪无干土”[⑦]；抽象的，如“沧海月明珠有泪”[⑧]；乃至既夸张且抽象的“留得罗襟前日泪”[⑨]。虽然诗人词客描写了那么多落泪的情景，但是我们读起来，却毫无庸俗之感，因为流泪是最真挚的表现，它不但能将心中的郁闷宣泄出去，也最能引发别人的共鸣与同情。

◎

虽然流泪是一种自然的表现，但随着年龄的增长、环境的

① 见唐杜审言之《和晋陵陆丞早春游望》。
② 见唐卢纶之《李端公》。
③ 见唐李白之《怨情》。
④ 见唐刘长卿之《新年作》。
⑤ 见唐刘长卿之《饯别王十一南游》。
⑥ 见唐杜甫之《蜀相》。
⑦ 见唐杜甫之《别房太尉墓》。
⑧ 见唐李商隐之《锦瑟》。
⑨ 见宋李清照之《浪淘沙》。

磨炼，我们愈懂得克制情感，也愈不易落泪。所以，孩子为一点小事就哭，老年人却能临大事而不沾襟；所以，有人讲“少女是泪水做的”，又说“英雄不流泪”。也正因此，同样一滴泪，如果流自老人、英雄和饱经忧患者的眼中，分量将格外深重。

◎

虽然我们在极度痛苦和欢愉时都可能落泪，态度却应该有所不同。当我们由于痛苦而哭泣时，必须立刻将泪水拭去，因为只有这样，才能获得别人的尊重，也只有明澈的眼睛，才能面对眼前的打击。相反，如果我们流的是欢欣的热泪，则不必急于擦去，因为透过泪水，眼前的幸福将更晶莹、闪烁而多彩多姿！

大器晚成

早期的得意，常会阻碍我们未来的更高发展；早期的失意，反倒可能强迫我们步上人生艰困的旅途，登上最高的山峰。

常听人说："大器晚成。"这句话实在值得深思，举个很简单的例子：

甲乙二人同时自大学毕业，甲因为才能出众，甫离校门，就被某单位高薪网罗，多年后混到个小主管。

乙因为才能平平，毕业后，寻职屡屡碰壁，赋闲甚久，于是姑且出国留学；困而学之，几年下来，居然获得了博士学位。回国之后，被前面所提的单位礼聘，反成了甲的上级。

◎

照以上这个故事，乙确实是大器晚成，问题是：晚成的一定是大器吗？

当然，由此我们也得到了一个教训：早期的得意，常会阻碍我们未来的更高发展；早期的失意，反倒可能强迫我们步上人生艰困的旅途，登上最高的山峰。

美国已故总统里根曾说："我当初做演员的时候，如果像现在一样受人欢迎，就不会出来竞选总统了。"

这应该是"大器晚成"又一个耐人寻味的例子。

闪耀的过程

你可以没有最辉煌的结束，但不能没有闪耀的过程。

如果你去阿里山旅行，获得的快乐，一定不只是日出和云海，而是一路上的点点滴滴。所以，你在去阿里山之前，可以想“我此行主要是为看看那有名的日出和云海”。但是当你结束旅程时，所拥有的，却包括了一花、一草、一石、一木、一声雁鸣、一缕云烟、一鞠轻波，乃至一声小贩的叫卖。雄壮、秀丽、开阔、幽邈、明朗、悠远、疏宕、孤危、和煦、萧飒的种种感受，织成了你愉快的旅行，又岂是朝起的日出和入晚的云海所能完全包括的呢？

◎

人生就是一段旅程，或许你早就找到了奋斗终生的目标，许下了宏大的志愿，但是在向理想迈进时，也不能忽略身边许许多多令人惊喜的事物。如果你对它们一无所感，就算达到自己奋斗的目标，也算不得完成了一个充实的生命之旅。

◎

生命是由不断发现、不断学习、不断创造、不断完成累积起来的。在这个过程中你可以有最高的理想，但不能只有唯一的目的；你可以没有最辉煌的结束，但不能没有闪耀的过程。

迎向风雨

逃避它，你只会被卷入洪流；迎向它，你却可能获得新生！

因为有几个大学生在登山时遇到泥石流丧生，记者特别访问一位登山专家："如果在半山腰，突然遇到大雨，应该怎么办？"

"应该向岩石比较坚固的山头走。"

"为什么不往山下跑？山头风雨不是更大吗？"记者不解地问。

"往山头走，固然风雨可能更大，却不足以威胁你的生命。至于向山下跑，看来风雨小些，似乎比较安全，却可能遇到暴发的山洪和泥石流而丧命。"登山专家说，"对于风雨，逃避它，你只会被卷入洪流；迎向它，你却可能获得新生！"

旧书摊

把自己最后一分力量完完全全地奉献出去，哪怕破得体无完肤，总比被束之高阁，安安稳稳地做一本“古董书”有价值得多啊！

你逛过旧书摊吗？那真是个有意思的地方——

在那些破旧的书里，你可以找到已经绝版的好书、价值连城的碑帖；你也可能发现历久弥新的学问、著名学者的眉批。那是古老记忆的收藏所，收藏了许多学子的时间；那是珍贵知识的提供所，提供许多不朽的资料。

多少人就从那些书中领悟了生命的道理，多少新书就因为那些旧书的引导而产生。

所以，尽管那些书已不再具有鲜丽的外貌，仍然有着不容忽视的魅力。

◎

如果我是一本旧书，除非我能经常被主人或他的亲友从书架上取下阅读，否则我宁愿被卖到旧书摊上，让我对那些怀旧的顾客述说古老的回忆；让我对“崭新人类”展示一些过去的光华；让我以虽然沙哑却依然苍劲的声音，继续发表我的演说；让贫穷的人从我身上找到无价的学问；让卑微的学子从我这儿找到理想与抱负。

把自己最后一分力量完完全全地奉献出去，哪怕破得体无完肤，总比被束之高阁，安安稳稳地做一本“古董书”有价值得多啊！

抓住自己

作为艺术家的第一步，不是掌握外物，而是抓住自己。

我在美国弗吉尼亚州的马丁斯维尔教课时，曾经与几位当地著名的舞蹈家举行有关艺术的讨论会，记得其中一位舞蹈教师曾说：

“当我训练学生的时候，学生常说他们没有舞蹈的感性与动机，我则给予一个建议，教他们抓住周遭的一切音响，如钟的嘀嗒、雨的淅沥、鸟的呢喃、虫的啾唧，当每个声音传来时，都配合着给予一个舞蹈动作，而当这样训练久了之后，即使寂静无声，舞者们也能找到舞蹈的感觉，因为他们抓住了自己心灵的律动。”

他的这段话讲得真是对极了，我相信每个人都有他自己的感性与心灵节奏，只是不一定能感觉与表现罢了。所以作为艺术家的第一步，不是掌握外物，而是抓住自己。

平凡的叶子

做一片平凡的叶子，岂非更值得骄傲的事？

如果你要享受宁静，就别去做一朵花，免得蜂蝶骚扰你、顽童采摘你，当你逐渐凋萎的时候，连你的主人也以厌恶的眼光看你。

你就安心地做一片平平凡凡的叶子吧！在千万同侪中偷偷抽出嫩芽、悄悄地茁壮、渐渐地独立，尽你的力量制造营养、滋润自己，也供应整棵树的成长，然后在秋天淡淡地染上一抹嫣红，幽幽地随风飘落。

何必去做一朵灿烂的花？哪朵花会有叶子来得耐久呢？

何必拥有许许多多的花瓣？哪片花瓣有叶子来得结实呢？

何必去向叶子们炫耀？花朵岂知道，当她凋落后留下的果实，还需要叶子们去养育。

如此说来，做一片平凡的叶子，岂非更值得骄傲的事？

创造与阐述

第一等人创造，第二等人阐扬，第三等人模仿。

莎士比亚只有一个，但是穷毕生之力以研究莎翁的人有多少？

曹雪芹只有一个，但是全力钻研考证，治“红学”的人有多少？

王羲之只有一个，但是千百年来，专习“王字”的人有多少？

问题是如果莎士比亚、曹雪芹、王羲之，一生也都在临摹、仿古、考证、搜补的话，又何来哈姆雷特、《红楼梦》和飘若浮云、矫若惊龙的“右军书风”呢？

◎

聪明的人跟着伟人走，伟大的人自己走。

第一等人创造，第二等人阐扬，第三等人模仿。

贮水和储金

储蓄的习惯可以使你在得意时不致荒逸，在失意时不致窘迫。

你参观过水库吗？

水库通常是在溪谷间筑起拦水坝，在水源充沛时贮存用不了的水，到干旱的季节再将水放出。由于它可以有效控制水源，所以能防止水患及干涸，更能扩大灌溉的面积，增加粮食的产量。

◎

储金就和贮水的道理一样。如果你能在收入丰富时，将多余的钱储蓄起来，则可以无虑一时的短缺。储蓄的习惯可以使你在得意时不致荒逸，在失意时不致窘迫，更因为你能有计划地使用，让每一分钱都发挥最大的功用，而增加许多财富。

水库可以发电，储蓄能够生息；水库可以辟为风景区，储蓄不是也能为我们的人生开拓美好的远景吗？

我就是我

我就是我，沙哑的嗓子是我天生的，虽然它不够悦耳，代表的却是我，而非别人。

我有位朋友，天生一副沙哑的嗓子。某日我们一块儿看电视，正巧主持人的声音非常甜美，听到他频频赞叹，我就转过头问："你是不是想，如果能换成他的嗓子该多好？"

没想到，他的脸一正："不！我虽然赞赏，却并不羡慕。因为我就是我，沙哑的嗓子是我天生的，虽然它不够悦耳，代表的却是我，而非别人。我又为什么要抛弃本来的自己，去换一个不属于自己的东西呢？"

上帝赐予我们的一切，就世俗的观点，虽然有美丑之分，但就我们自己来说，无论好坏，那都是我们所独具的啊！

寂寞身后事

千秋万岁名，寂寞身后事。

我念高中时，有位老师曾在台上说：“最好的意见常常不会被大家接受，真正能通过的方案反倒是稍次一等的。”

当时对他的这几句话，我相当不了解，但是进入社会，海内外跑了这么久，愈来愈发现它的道理——

能被大多数人接受的东西，总是人们最能了解的东西，而非曲高和寡、超出一般人知识水准太多的。所以跟着群众走的人，常是平凡人；被群众尾随的人，常是聪明人；远远走在前面，后面空了一大片，仿佛十分孤独的，常是伟大的人。许多伟大的文学家、艺术家，在逝去多年之后，才被群众认同，是因为直到那时候，后面的人才追上他的步子。

“千秋万岁名，寂寞身后事。”无怪杜甫有如此的喟叹。

野草

任何卑微者，都有他重要的时刻；

任何弱小者，都有他可畏的地方。

你觉得野草卑微得令人不屑一顾吗？

但是你可知道——没有一位登山者，不重视野草，因为当他登山失足的瞬间，一把崖间的野草，很可能就是他救命的恩物。

你可知道——许多登山者又都畏惧草丛，因为当他迷途于一片荒草或剑竹林时，很可能那就是他丧生的地方。

所以，任何卑微者，都有他重要的时刻；任何弱小者，都有他可畏的地方。

平淡真好

平淡真好！平平的，不令我们颠簸；淡淡的，不让我们昏醉；使我们坦坦荡荡地处世，明明确确地看人。

徐志摩说：“悄悄的我走了，正如我悄悄的来，我挥一挥衣袖，不带走一片云彩。”

这是何其平淡、何其洒脱、何其豁达啊！

我喜欢平淡，因为平淡正是深沉。平淡不是平，反而在它的平中有醇美，淡中有深情；正如平淡的香水，在似有似无之间，给人一种飘逸；正如平淡的画，在简简疏疏之中，予人一种幽远。

◎

能饮平淡的酒的人，不显得他没酒量，却显得出他的雅兴，浅酌半杯不是比酒气熏天地拼斗更有味吗？

能听平淡的话的人，不显得他浅薄，而显示出他的修养；从平淡的言语中找寻哲理，不更能引起会心一笑吗？

能过平淡的日子的人，不显得他平凡，而显示出他的恬适；从蔬果瓜豆中找滋味，不也是一种享受吗？

◎

能写看来平淡的诗，不显得他词量不足——

举头望明月，低头思故乡。

来日绮窗前，寒梅著花未。

江南无所有，聊寄一枝春。

这些诗，十岁的孩子也懂，不是意味无穷，且成了千古名句吗？

平淡真好！平平的，不令我们颠簸；淡淡的，不让我们昏醉；使我们坦坦荡荡地处世，明明确确地看人。

所以平淡也就是最美的“真”。

自思自立

“自私自利”是不好的，但是“自思自立”“自力自司”，不但好，而且必要。

“自思”是自己思考，“自立”是自己独立；“自力”是自力更生，“自司”是自己管理。

◎

不自思的人，凡事跟着别人想，必无法自立；不自立的人，总是靠他人，必无法自司；不自司的人，虽有才力，却常假手于人，称不上自力；不自力的人，虽能思考，却不力行，也是枉然。

所以自思、自立、自力、自司，缺一不可。

白发

人难免有些疵缺，不事遮掩小毛病的人，更能显得真。

如果一个中年人，头上不见半根白发，我不敢确定他的头发有没有染过。但是如果他的发间有一两根银丝，我反而能够确认他的头发是天生的颜色。

◎

人难免有些疵缺，不事遮掩小毛病的人，更能显得真。相反，那些被宣传得尽善尽美，仿佛绝不犯错、毫不自私的人，倒有些不真实了。

大自然的精神

清新、亮丽、爽朗，不事雕琢，于规律中表现不规律，于完美中带有残破，或许这就是“大自然”的感觉吧！

台风刚过，走在路上，突然有进入乡野的感觉，眼前明明仍是原先的高楼、马路和行道树，为什么会给我如此异于昔日的感动呢？

◎

我终于想出来了！因为台风吹走了都市里污染的空气；因为树木折的折、歪的歪，不再像以前一样整齐地直立着；因为树叶上的尘污都被雨水洗净，重现它们青翠的面貌；因为路上的人车稀少，且散布着强风吹落的枝叶。

◎

清新、亮丽、爽朗，不事雕琢，于规律中表现不规律，于完美中带有残破，或许这就是“大自然”的感觉吧！

小丑

如果人们真要笑，就去笑那些不以小丑为工作，却做出小丑样子的家伙吧！

马戏团几乎都少不了小丑，他们穿着蓬松的布袋装，画着红白的面孔，戴着尖长的帽子，专做些滑稽动作，逗满场的观众大笑。

我曾访问一个马戏班的小丑，请他谈谈自己的感想。没想到他叹口气：

“小丑只是我的工作，我并不是小丑，但是人们似乎觉得我天生就是一个又傻又呆，只会虐待自己的小丑。其实啊，我倒觉得他们傻，因为他们的笑似乎就控制在我手里，我的一举手、一投足，都能叫他们大笑不止。

“但是人们非但不觉得自己傻，反而看不起我，他们在场子里笑我，在场子外也指着我笑，使我的孩子都不敢跟他的同学讲爸爸是个小丑。其实人们何尝不好笑呢？他们种田，弄得满手是泥；他们做工，累得浑身大汗；他们上班，忙得焦头烂额。我不去笑他们，他们为什么来笑我呢？要知道，不论工、农、商、兵或小丑，都是工作，也没有贵贱之分。军人保卫我、农人给我吃的、工人制造东西给我用、公务员为我办理许多事务，我则以小丑的娱乐回报，我们都在对社会贡献一份力量啊！

“如果人们真要笑，就去笑那些不以小丑为工作，却做出小丑样子的家伙吧！那些人不知踏实地工作、正直地做人，却专循小径、拉关系。他们把原本长长的脸挤成圆圆的笑，去谄媚权贵；又把原本圆圆的脸拉得长长的，摆给可怜的人看；小丑不是他们的工作，他们却宁愿当小丑，且不承认自己是小丑，才真令人觉得可笑啊！”

说完，小丑笑了，而且笑不可禁，笑弯了腰。

点燃快乐的炉火

火大时关上炉门以收敛烈焰吧！

火小时开门鼓风以激发潜能吧！

火残时留个火种好传给明天吧！

小时候，我经常帮母亲生火，为免黑烟弥漫整个房间，每次我都先把小火炉端到院子的一角。然后找些旧报纸放在炉子的最下面，再摆进一些小木柴，最后加上大块的煤炭。

点火必须由最易燃的旧报纸开始，由于炉子下方的通气口很小，我总先搓一个小纸条，将它点燃之后，再探入炉中。

旧报纸很快就会被引燃，并冒出浓浓的黑烟及熊熊的火苗，虽然那烟非常呛人，我却必须把握时间，以不疾不徐的速度往炉中扇风，使报纸的火焰能引燃木柴，并延烧到煤炭。

真正生火的功夫，也就在这儿了——我必须配合炉火的变化扇风，看到火力不够时要用力大些，发现火苗不稳又得用力小些。那时尽管黑烟熏得我直掉眼泪，炉火烤得我两颊通红，也得耐心地做好扇风的工作。渐渐地煤炭开始发红，黑烟慢慢减少，我也就可以高高兴兴地将炉子端入厨房了。

◎

虽然现在由于科学进步，再也不必费力地去生火，但我仍然点燃另一种炉火——

每次我有新计划的时候，总是躲在一边细细思考，并制订办事的程序，然后到各处奔走，使计划能够实现。

从童年生火的经验我知道——起初看来熊熊的火焰，并不表示成功；我更知道——愈在黑烟弥漫的时刻，愈不能逃避，愈得坚持到底。

人生就像点一炉火，枯枝是易燃的少年，树干是耐燃的中年，焦炭是温厚的晚年。火大时关上炉门以收敛烈焰吧！火小时开门鼓风以激发潜能吧！火残时留个火种好传给明天吧！

橡树与小草

做一株平凡的小草，是多么快乐的事！

在一处人迹罕见、树木不生的原野，有一条老铁道。由于火车很少通过，所以不但铁道两旁，连铁轨之间也长满了小草。到葱茏的季节，小草们织成一大片绿色的地毯，把铁道也淹没了，只有每个月唯一一班火车通过的时候，才让人们想起：原来这儿还有一条铁道。

◎

某日，当火车又疾驶而过，小草们莫不低头行礼时，有一粒橡树的种子，从车上滑落，正掉在两轨之间。

“这是什么啊？”最先抬起头的小草惊讶地叫。

“好像是一颗种子。”所有的小草都伸长了脖子凑过来看，“但是为什么这么大？好像有我们种子的几百倍呢！”

“各位好！”橡树子从昏迷中醒转，环视四周围拢过来的小草，高兴地打招呼，并自我介绍，“我是一颗橡树子。”

“橡树？”所有的小草都面面相觑，“我们从来没听说过啊！”

“我们这里没有树，只有草，我们世世代代生长在这儿，从来没见过一棵树，因为这里冬天特别冷，风又大，不适合树的生长。”一株比较年长的草，神情严肃地说，“我看，你还是快回到你来的地方去吧！”“我已经来了，怎么回得去呢？”橡树子愁苦地说，但是跟着环顾四周，又转忧为喜了，“这里多好啊！我喜欢这里，我不怕狂风和霜雪，决定在这儿生根，长成一棵高大的橡树……”

“好！”没等他说完，四周成千上万的小草，就发出一阵欢呼，“我们喜欢你，我们需要一棵树，我们喜欢一棵高大的树，我们要你来领导。”

◎

于是橡树子在这儿生了根、发了芽。起初他长得很慢，小草们由春天萌发，不到仲夏就能长到一尺高，所以夹在草丛中，除了叶子比较大些，小橡树并不怎么突出。当每个月火车开来的时候，小橡树也和小草们一样，早早就弯下腰，让那庞然大物从头上飞驶而过。

但是到了暮秋，小草们都逐渐凋萎、枯黄的时候，橡树虽然也落了叶子，却仍然直直地站在那儿。当火车开来，由于没有小草们的簇拥，橡树反而站得更直了，所幸火车除了前面保险杠会把橡树撞得一个踉跄，车子的底盘倒不会再伤害他。所以，当冬天过去，小草们又复苏的时候，见小橡树仍然站在那儿都很惊讶。

◎

“我的父亲有四十尺高，他的头经常遮在云里，他一伸手，就能摘下天上的星星。”小橡树总是得意地对小草们说。每次讲到这儿，小草们都会仰起头，把嘴张得好大好大，羡慕极了：“我们多高兴你能在这儿生根啊！”小草们说，“当你长到像你爸爸一样高时，我们就可以听你诉说天空的一切了！”

“我也会抓几颗星星给你们。”小橡树脸上泛着光彩。

◎

但是小橡树也有他的烦恼，就是每个月火车通过时，小草们都一低头就过了，他却难免损伤几片叶子，有时还会折到腰，而且这种情况愈来愈严重。

“你为什么不把腰弯低一点呢？再不然，干脆躺在地上算了，等火车过了之后再站起来，何必跟火车去争呢？”小草们都这样劝他。小橡树何尝不知道，可是他的身体硬，怎么也不可能躺下来，眼看情况愈来愈糟，他真希望自己不再长了，甚至缩小几分，跟小草们一样不是就够了吗？但在转念之间，他又想：“为什么我不赶快长大、长高呢？如果我长成几人合抱的大树，火车也就算不得什么了。”

◎

于是当小橡树折损小枝子，就赶快伸出另一条新枝；当火车刮去了他的叶子，就赶快抽出新绿。但是每当火车呼啸而去，小草们纷纷卧倒，再站起的时候，小橡树又是遍体鳞伤。

◎

当然没有火车通过的一个月，小橡树又恢复了光彩，只是他发现自己的腰愈来愈硬，连躬身都困难了。

终于有一天，当火车又轰隆轰隆地远去之后，小草们发现小橡树已经被折断而死亡。

“你为什么不能跟我们一样弯腰屈膝？”小草们伤心地哭着，看着小橡树的尸体变为枯枝，被风吹去。

◎

铁轨间、铁道边、铁道的四周，仍然是一片青青的草原，火车不通过的日子，这里真是无比宁静祥和，只偶尔听到小草们喁喁私语：“做一株平凡的小草，是多么快乐的事！”

为何而活

人若失去了理想，就不可能活得快乐。

有三个愁容满面的人去请教心理医师，怎样才能使自己活得快乐些。

“你们先说说自己活着是为什么。”医生笑道。

甲说：“因为我不愿意死，所以我活着。”

乙说：“因为我想看看明天会不会比今天好，所以我活着。”

丙答：“因为我有一家老小靠我抚养。我不能死，所以活着。”

医生摇了摇头：“你们当然都不会快乐，因为你们的活，只是由于恐惧、由于等待、由于不得已的责任，却不由于理想。人若失去了理想，就不可能活得快乐。”

良知不能妥协

良知有时候会牺牲，如同救人的人常常自己先死了，被救的人还不知感恩。但是人的伟大，就在于对良知的坚持。最起码不能为自己昧于良心的行为找借口。

台湾有个引人注目的社会新闻——南部一个收容一百三十多位残障人的育幼院居然被纵火，不是纵火一次，而是连续十次。事情发生，引起各界的同情。我有个朋友很有善心，一听说立刻交代他公司的员工捐给那慈善团体一万块钱，糟糕的是员工没弄清楚，把钱捐给了台湾北部的一家同名却无关的慈善团体。他知道了，又拿出一万块，捐给南部的那个育幼院。事情多完满！可是没过多久，新闻出来，南部那个育幼院十次被纵火，有九次是院童烧的。这下子，员工们反映了，骂老板实在太笨，这次得到教训，以后别做烂好人了。

说到这儿，请问各位，如果换作您，您怎么做？四处告诉大家慈善团体常常有鬼，别做冤大头，还是认倒霉？

我这位朋友没这么做，他说：我捐的钱是给那些残疾院童的，就算院方的管教有问题，可怜的院童总该被帮助啊！接着又去捐了几个慈善团体。

好，先把这事儿放下，让我再举几个真实事例。

我小时候常常跟我母亲去做礼拜。别看我那时候才上小学，但是耳朵挺灵，眼睛也不差，好些事情到现在都记得一清二楚。

有一天礼拜完了，一群教友走出教堂，门口有个伸手乞讨的人，腿上缠着纱布，布上渗出血迹，看起来很可怜。我说要给他钱，几个妈妈却一齐摇头说不能给，因为八成是装的！给他钱，他会拿去喝酒。

又有一次，是我母亲对我转述的，说有一位开面包店的太太很不安地对她说，明明知道有一种东西对人体有害，但是不加在面包里，面包做得不漂亮，又因为膨胀得不够大，比较费料，没办法跟同业竞争，所以只好还是加。

过了四五年，我上高中，常去台北近郊碧潭划船。那地方很妙，潭水好像很平静，其实有不少暗流，尤其下游水位落差大，水流非常快，生手不小心划到那里很容易翻船。有一天我在岸上，听见潭里有人喊救命，一条小船正在激流里挣扎。却见岸上的船家站在水边喊：“救你可以！多少钱？”谈妥了才去救。我后来问船家，救人要紧，为什么要钱？船家理直气壮地说："我以前也都是义不容辞地跳下去救，救上来有时候连谢都没一声，人就跑了。我凭什么一次又一次冒险下去救？我淹死了谁管？所以我开始讲价，而且愈往下价钱愈高。"

又过了好多年，我有位同学找不到工作，帮货运公司每天一早由台湾北边的基隆押车到南端的高雄。有一天，他对我说，因为每天天不亮就出发，在路上常看见夜里骑摩托车碰到马路坑洞摔倒受伤的人，躺在马路中间。我问他："你救了几个？"他说一个也没有。因为大家都知道不能救这种人。你救他，他反而会抓着你，说是你撞他或害他摔倒。还说，所有的车子都绕着开过去，没人敢下去救。

他的话让我想起，好像某地方的渔民也有类似的想法。说救溺水的人，有一天反而会被淹死。因为水里有鬼，他原先要拖下去的人被你救了，改天他就会来拖你。

各位读者，你知道我为什么提这些故事吗？因为我听说在南京有个年轻人，送一位被撞倒的老太太去医院，反而被老太太告，说是他撞的，法院还判他要赔偿。事情真相，我不清楚，也不能妄加判断，但我知道有不少朋友在网上骂，说以后再也不敢做好人了。

请问，这样对吗？什么叫"人饥已饥，人溺已溺"？什么是"见善如不及，见不善如探汤"？什么又叫"知其不可而为之”？“善”是没条件的，今天你看见一个小娃娃从眼前跑过，啪的一下子摔倒了，你马上把他扶起来，是当然的。你会先想，我扶他，他爸爸、妈妈、爷爷、奶奶会谢我，所以扶吗？还是因为想，只怕我扶了，他家大人会以为是我害娃娃摔倒的，所以不扶？这两者确实都有可能，但是，“善”是人人应该有的直觉反应，连这直觉的良知都要犹豫，都有条件吗？

暴虎冯河是不对的。如果你不会水，当然不能贸然跳下深水救人。连我美国的邻居老太太都警告我，如果听见她尖叫救命，千万别过去，因为歹徒可能手上有枪，我要做的是“报警”，不是白去送命。

问题是，为什么有些人非但躲起来不报警，还像做宣传似的，一个告诫一个，别去帮忙、别去捐助，免得被骗、被害？这非但没有行善，反而是行恶啊！更严重的是：为自己没有行善，找个冠冕堂皇的理由或借口。

再进一步想，为什么有些人会有迷信，认为别家的新婚夫妇到自己家住，会抢走家里的喜气？解决的方法则是收红包。你可以讲，那是很早以来就有的迷信，但是为什么不说是因为人们不愿意平白招待外面的新人来家里住，于是编出这么个“禁忌”当借口呢？结果一路传下来，这借口变成习俗、变成当然。

同样的道理，我前面说的（包括我母亲在内）那些妈妈、开面包店的太太，以及我那位押车的同学，他们是不是也都为自己的行为找了个借口？以此往下推，今天许多行业是不是都有“潜规则”？说大家都添加某某玩意儿，我不加就活不下去、无法竞争，所以非加不可。只要不被抓到，就昧着良心继续干。

当我们抓到某种有毒食物的时候，见到的只是个案。真正的问题在于社会缺少良知。而良知最有用，因为它不会妥协，它会在心里自己监督自己的。

不错！良知有时候会牺牲，如同救人的人常常自己先死了，被救的人还不知感恩。但是人的伟大，就在于对良知的坚持。最起码不能为自己昧于良心的行为找借口。

套一句台湾某著名慈善家的话——“我知道捐助南亚海啸灾民的钱，可能被贪官污吏吃掉一大半。但我不做，灾民就连那一小半也得不到了。面对可悲的人性，我们行善的时候确实要选择、要监督，但更重要的是不能逃避，而要当下积极地去做！”

刘墉给孩子的成长寄语

打仗时与其正面交锋不如转进，谈话时与其当面戳破不如幽默。

讽而刺，是“讽刺”，
讽而不刺，是“幽默”。

同样一句话，你正襟危坐在光亮中说，与在黑暗中说，前者感觉更诚恳、更真实。

如果新学的东西像刚炒好的菜，你何不趁热吃，却搁进冰箱，总吃剩菜？刚出炉的多好吃？刚上过的课多容易复习？何必拖到都忘得差不多了或考试临头才动手？

如果你不爱读死书，而能活学活用，笔试的成绩却总不好，也别自责，说不定你未来进入社会，把各方面的长处加在一起发挥，就比别人棒了。

文章难写吗？只要你心中有景，其实不难！

文章难背吗？只要你不死背，而把文字变成画面，也不难！

这世间最好的“报复”，就是用那不平之气激发自己的潜能，迈向成功，然后用那成功和“成功之后的胸怀”，对待你当年的敌人，而且把敌人变成朋友。

我们不能因为功课不好，就否定一个人。也不必因为成绩棒，就硬给他戴上“天才”的帽子。过与不及，都可能伤害天才。说不定你家正有个“牛顿”，千万别把他教成了“钝牛”。

人不会再活一次，大人没有资格剥夺孩子美丽的少年时光。我们更不可以逼着孩子做天才，甚至为他掩饰、为他包装，把孩子硬往高处推。

就算你不是所谓天才，如果你能执着用功、锲而不舍，既往深处打基础，又往新的方向思考，你就称得上是天才！

“自尊”与“尊重别人”其实是一件事，因为你不能对别人表现尊重的时候，会被人看不起，也会伤到自尊。

天生我材必有用，只要一个人肯检讨，先试着了解自己，朝自己擅长的方向去努力，而不是怯懦、犹豫、拖拉，一定能有成就。

没有行动的爱不是真爱，无论对子女、对父母、对社会、对国家，甚至对地球。我们不仅要有爱心，更要有行动，而且现在就行动。

在人生的战场上，不要觉得自己已经拼了命，更不要怨环境对你的要求过于苛刻。而应当想想，是不是自己的对手更拼命，别人的环境要求得更苛刻。

不仅要work hard，更要work smart。当大家朝着一个目标前进时，冷静看出捷径的人，常是最后的赢家。

这世上没有永无争执的朋友，却有愈摩擦愈光灿的友情。真正朋友的争执，不见得非要错的那方先伸手。

一个人要学习接受失败。利用倒下的时间喘气，并思考再出击的方法。先认识自己的长处，不要急，不要慌，选择最适当的时机和场合，淋漓尽致地发挥出来！那么——即使你是沉潜已久的灰姑娘，也将有出头的一天！

彰显自己，不必否定他人！你可以不赞同，但不能全盘否定！

当你发现原来的计划行不通时，不要去想那计划花了多大工夫，或有多完美，因为不通就是不通，再完美的计划也没用。最重要的是：你必须立刻找其他可行的路。愈快回应，愈能成功！

有些人愈挫愈勇，有些人则碰到小挫折便全然崩溃，由面对挫折时的反应与态度，往往最能看出一个人有没有成功的条件。

人生不尽然如意，如何把握现实生活条件，勇敢面对，而且再出发，才是最重要的。

我们活在这个世界，就要尽量观察这个世界，欣赏它的美、认识它的奇妙。你认识得愈多，生活愈充实。

我们要总为他人着想，别因为自己的“不小心”，造成别人的“不小心”和永久的“伤心”。

天才不怕打击，也不怕别人恶意批评，他只是认清自己的目标，以鸭子划水的方式，按部就班地前进。

如果世上每个人都能“因为看到”而去帮助那些需要帮助的人，即使每个人看到的只有一两个人，加在一起不就是全人类帮助全人类吗？

幽默是一种生活态度……幽默使你把负面的东西化为正面，有幽默感的人显示他有更大的韧性。

恨的问题是要用爱来解决，而不是用恨。只有彼此体谅、各退一步，才能创造双赢。

求学最忌躁进，为学最忌随俗，处世最忌盲从。

成长是学习用时间，成熟是懂得用时间，成功是能够掌握时间。

学习不单是吸收外来的知识，也是学习认识自己、找到自己的长处，然后加以发挥。一个人在了解别人、战胜别人之前，先得了解自己、发挥自己、展现自己！

抓住自己、掌握自己、发现自己的天才点。当你悟了，突破心理的障碍，成功就不再是遥不可及的事。

赢的人不少，满足的人少，所以输的人多。

秘密的另外一个意思，是“避觅”——避免去寻觅。

保存体力，轻松地起步，再拼全力突破最后的困难，要比一入手就紧张，到头来却松懈，效果好得多。

不顺眼的东西，多看几眼，不顺眼的人，多处些时，说不定意外的美好就会出现了！

伸出你的双手，跨出你的脚步，坚毅、忍耐、奋进，胜利就在眼前。

我们常说“温故而知新”，其实也当“知新而温故”。因为前者重在发现，后者贵在省察。

战斗时，当我们觉得疲惫不堪，难以支持的时候，不妨想想：敌人可能比我们更疲困、更窘迫。若真如此，则谁能支持到最后一刻，谁就能击败对方。

许多人自爱得过火，只知爱自己，不知爱他人，所以成了自私。许多人自重得过度，以为天下只有自己最够分量，所以成了自大。

这世上不仅是人，任何东西都很难十全十美。

“行到水穷处，坐看云起时。”风景不仅看不完、寻不尽，而且风景之外，还有人生的哲理。

当我们在生活中遭遇困难，与其无济于事地烦躁、慌乱，不如从紧张中找一点轻松，从颠沛中找几分安适。

幽默真好！把残破变为完美，把可惜变为疼惜。

没有人能永远成功，所以总要作失败的打算。我们不怕失败，只怕失败之后不能再站起来。

许多马虎和苟且，即使当时没人发现，以后也是藏不住的。

天生的本能只有加上后天的培养，才能发挥。

今天我们虚心向别人学，明日别人可能就得来跟我们请教；今天我们抱残守缺、故步自封，明天就只好瞠乎其后。

当我们由于痛苦而哭泣时，必须立刻将泪水拭去，因为只有这样，才能获得别人的尊重，也只有明澈的眼睛，才能面对眼前的打击。

平淡真好！平平的，不令我们颠簸；淡淡的，不让我们昏醉；使我们坦坦荡荡地处世，明明确确地看人。

得意人前勿谈得意事，免得毫无反应。失意人前勿谈得意事，免得予人伤害。

“自私自利”是不好的，但是“自思自立”“自力自司”，不但好，而且必要。

人难免有些疵缺，不事遮掩小毛病的人，更能显得真。

人若失去了道路、失去了指示标志、失去了方向，再坚强而有毅力，也很难闯得出来。

由小处看人，要比从大处观察，更来得真实而准确。

当马向高处爬时，仿佛是你得意的时刻，愈得意愈要谦恭，所以人要向前倾；至于下山，则仿佛失意时，固然是往下坡溜，你反而要坐得挺、撑得直。

遇到无法抵抗的情况，静静等待机会，要比横冲直撞浪费体力有用得多。

正因为聪明人不怕用笨方法，所以聪明。正因为笨人自以为聪明，所以愚笨。

早期的得意，常会阻碍我们未来的更高发展；早期的失意，反倒可能强迫我们步上人生艰困的旅途，登上最高的山峰。

冒险犯难的人，虽然常会遭遇严重的挫折，但是总能有惊人的斩获；只求安逸的人，虽然过得平稳，但也难有大的创造。

拿破仑是由炮兵干起，卓别林是从跑龙套的演员起步，如果他们当年不迁就那个低微的工作，可能有日后的成就吗？

许多错误，平时看不出来，犯错的人还可能自认洒脱，只有遇到最严格的考验，才会显出弱点。

虚心地接受，小心地选择，衷心地采纳。

没有耕耘的辛劳，就没有收获的兴奋，但是收获之后，还得耕耘。

似是而非的道理，比“无理”更害人。

当我们给别人一个机会，常常也就给了自己一个机会。

只要换个角度想想，把欺侮你的人，换成你自己，那怨恨就可能立刻成为同情，那同情还可能化为爱的行动。